Pax Chri

Este Agosto passado de 621 recebi hũa de V.R. de 20. de Dezembro de 618. E cõ ella m̃ticular alegria E cõsolacã, assi por V.R. nella me animar a soffer os trabalhos desta [perse]guiçã, como por ser a 1.ª q̃ recebi, E mais nã tendo Eu escrito dantes: por tudo Deo at[e] m̃tas graças, E tomára pagala cõ alegres nouas desta xpãndade, as quais cõ rezã [...] tanto deseja, mas ia q̃ o Sõr nos nã concede estas, darei outras tãbem de alegria, q̃ as dos martires, cõ q̃ o mesmo Sõr continuam.te enriquece Ehonra esta sua Igreja.

Dura ainda a perseguiçã em todo Iapam, E cada uez uai crecendo mais, specialm.te nestes [...] do Ximo, E agora anda tã acesa em Omura, q̃ ia neste mez de Outubro nos concede[o] o Sõr onze martires. Em Nãgasaqui he grandissimo o rigor, nã tã cõtra os xpãos [...] cõtra os ministros do sagrado Euãgelho, fazendo exquisitas diligencias p.ª os pre[nder] onde coube ao P.e Gimura Baltiz.ar de nossa Cõmp.ª a ditosa sorte de ser prezo, [...] E metido no carcere de Omura cõ os mais, q̃ por todos sã trinta: ali estã em tã g[rande] aperto, assi por causa do lugar ser m̃to pequeno, como do demais, q̃ nẽ cartas se lhes p[ode] dar senã cõ m̃ta difficuldade E perigo. No Tacacu tãbem ouue pregã cõ pena de m[orte] a quẽ nos recolhesse, E de todo o lugar em q̃ algũ P.e fosse achado, E cõ premio a quẽ descobrisse. finalm.te em toda a parte sumus morti destinati; ditosos se tal nos acõte[cer] mas nẽ por isto deixamos de acodir a nossa uocaçã.

Este anno chegou a patente de Prou.l ao P.e Fr.co Pacheco, o qual tomou o off.o no principio [de] Outubro. speramos q̃ cõ sua uirtude, prudencia E zelo promouerá m̃to esta Prou.ª Expãndade. mudãça m̃to alegre p.ª o P.e Matheus de Couros, Q q̃ a desejaua. Todos assi de fora, como de casa [fica]rá geralm.te satisfeitos de seu gouerno, Q q̃ foi bom, E cuido q̃ assi será todas as uezes q̃ gouernar.

Estamos m̃to faltos de sugeitos, Q mais q̃ os sup.es pretendẽ cõserualos, Q q̃ como a perseguiçã he rigo[rosa] E ameaça ainda ao longe, o spirito nã he m̃to, facilm.te nos deixã; o q̃ he mui grande perda E fal[ta] esta xpãndade. bem cuido q̃ algũs se animariã a perseuerar se ao menos á hora da morte [...] os nomes ne Cõmp.ª aos q̃ o merecessẽ.

O Collegio de Macao, escreuerá delá, E dirã os q̃ este anno inerã, estã inquieto, E socederã ali este a[nno] m̃tas cousas, como delá informarã a V.R. E algũs desejauã lá a presença do P.e Prou.l Matheus de [Couros] por causa da brandura do P.e Visit.or

O Março q̃ uẽ, cõ o fauor diuino, escreuerei a V.R. do Cami, p.ª onde agora me parto Q ordẽ do P.e Fr.co Pacheco q̃ de lá uejo tomar o off.o. E cõ isto nos santos sacrif.os de V.R. m̃to me encomen[do] Iapam E de Outubro 20. de 1621.

Christouã fr.ª

扉写真：フェレイラの直筆書簡 1621年10月20日付
日本発信 総長補佐マスカレーニャス宛
（ローマ・イエズス会文書館蔵）

上の写真：リスボン ベレンの塔（阿久根晋氏提供）

ヤコブの末裔

棄教者フェレイラの場合

宗任雅子

三一書房

もくじ

《登場人物》

クリストヴァン・フェレイラ　ポルトガル人のイエズス会司祭　棄教後は帰化し澤野忠庵となる
澤野加恵　棄教後のフェレイラの妻
杉本忠恵　医師　フェレイラの女婿
後藤了順　ミゲル後藤　ころびバテレン
マヌエル・メンデス・デ・モーラ　ポルトガル交易商人
ドン・ゴンサロ・ダ・シルヴェイラ　ポルトガル船司令官
ヤン・ファン・エルセラック　オランダ商館長

プロローグ　ポルトガル紀行

クリストヴァン・フェレイラの謎を小説で著したいと思いはじめてから、かれの祖国ポルトガルへの旅は、自分に課した宿題のようになっていた。

二十歳で生国をはなれ二度とその土を踏むことはなかったとはいえ、フェレイラの人間形成に寄与したのはポルトガルの気候風土、人びと、そして歴史であろう。歴史は机上でも学べるが臨場感に乏しい。彼(か)の地を踏み、風にあたり、人びとに接したいと思っていた。

ポルトガルは日本にはじめて西洋文化をもたらした国なのに、その交流は鎖国時にはオランダにとって代わられ、開国後は欧米諸国の後塵を拝する小国に甘んじた。

日本にはポルトガル語の日用品が少なからずあるものの、その由来は忘れられ、日本から首都リスボンへの直行便は飛んでいない。かがやかしい歴史があるにも関わらず、ヨーロッパの国々のなかで、なぜかこの国にはこじんまりとした情景が目に浮かぶが、実際はどうなのか?

十二月の閑散期、少人数から成るポルトガルツアーの開催を知り、小説の構想もまだおぼろげの段階だったが、勇んで参加を決めた。

国民的詩人カモンイスが「ここに地果て海はじまる」と詠んだ叙事詩そのままに、ユーラシア大陸の最西端から大海原にいち早く飛び出したポルトガルは、未開の土地から莫大な富を手に入れ、一躍大航海時代の寵児となった。今日、観光バスがとまるような大聖堂には黄金の装飾が張り巡らされ、いにしえの栄光の名残りを留めているが、今や世界一を誇るのは、わずかに軽工業のコルク製品のみである。

それでも大国だった時代から数百年たってなお、ポルトガルの人びとには祖先の功績が動かぬ矜持として宿っているかのようにも思われる。十九世紀前半、かれらは国の凋落を〝わび〟〝さび〟として受けとめ、哀愁おびた民衆歌謡を生んだ。運命を意味するというファドは日本の演歌にも似て、隣国スペインの躍動的なフラメンコとは対照的だ。ついでに言えば両国に共通する国技の闘牛も、観客の前で殺されないのはポルトガルの牛である。

フェレイラが学んだコインブラの修道院、かれも巡礼したであろう国境に近い北スペインのサンチャゴ・デ・コンポステーラ、ポルトガル発祥の地ポルト、大西洋にくりだす勇士たちを見送ったベレンの塔やジェロニモス修道院など、名所旧跡が当時の姿で現存している。

風光明媚なシントラや素朴な漁村ナザレの魅力もさることながら、行ってみたかったのがトレス・ヴェトラスだ。フェレイラ自身が「僻地……」と述懐している生まれ故郷である。

ガイドブックにはリスボンから北西へ四十五キロはなれたリゾート地と、ほんの一行ほどの記載。それもかつて檀一雄が『火宅の人』を書きあげた居住地サンタ・クルスへの〈中継地〉としての案内である。フェレイラに関する史跡など望むまでもなかったが、ただ現地を踏みたい一心でツアーの最終日、半日の自由時間を利用しておとずれることにした。

現地の邦人ベテランガイド氏に、トレス・ヴェトラスへの行き方をたずねると、

「トレス・ヴェトラス？　そこになにがあるんです？」

頓狂な声で逆質問された。そこで遠藤周作の『沈黙』を引き合いに出し、作中の重要人物であるフェレイラの名を挙げると、

「ああ、あの本ね、僕泣きましたよ。でもあれって実在の人物なんですか？」

思いがけない反応に、作家がもつ虚実皮膜の至芸を見た。

最寄り駅から地下鉄に乗り、リスボンの中心から少し外れたジャルディン・ズロジコ駅で下車し、徒歩数分でセッテ・リオスバスターミナルに着く。そこからトレス・ヴェトラス行きのバスが出ている、との情報を得た。

リスボンの地下鉄駅界隈から乗車、降車、バスターミナル到着まで、ポルトガル人は親日家で親切だという評判を頼りに、ゆきずりのナビゲーターたちの厚意に甘えた。オブリガーダ！

評判に違わず彼の国の人びとは親切だった。

バスに乗車して一時間もしないうちに、並列した風力発電機が視界いっぱいに飛びこんでき

た。生き物のように一斉に黙々と宙にむかって腕をまわしている。

トレス・ヴェトラスだ！　オフシーズンのせいかリゾート地の活気はなく、ガイド氏が言ったようになにもない。もっとも日の入りが近づいていたし、旧市街を歩いたわけでもないので実情は不案内だが、四百年前は荒涼とした寒村であったであろうと容易に想像できた。

十六歳でコインブラのイエズス会に入るまで、フェレイラはこの地でどんな生活を送っていたのだろう。棄教後の後半生、かれが面目躍如するのは天文学、医学、とくに外科の分野である。その下地となるべきものが、ここで培われていたのだろうか。

望んでいたように現地の冷たい風にあたり、雑踏のなかに佇んだ。瞼を閉じれば耳にひびく人びとのざわめきが時空を超えて、この地に立っている意義を忘れそうになる。

観光案内所で現地の絵地図をもらい復路のバスに乗り込むと、初冬の空は早くも夜の帳に包まれた。あっけなくも、忘れ難いトレス・ヴェトラスであった。

帰りのリスボン行きの地下鉄のなかで、斜め前に座っている青年が目に留まった。ウェーブのかかった栗色の頭髪、焦茶色の瞳、黒を基調としたオーソドックスな装いの真面目そうな風貌――。いつ乗車したのかも覚えていなかったが、唐突に私は神学生のフェレイラを見たような気がした。東洋布教への情熱をたぎらせていた青春期のかれが、数日前コインブラですれ違った黒マント姿の学生とダブった。

世に知られている知命を過ぎたフェレイラにもこんな時代があったのだと、自明のことを新たな発見のように思われ、ひとりほくそ笑んだ。

フェレイラの面影を追ってはじまったポルトガルの旅は、はからずもタイムスリップした若きフェレイラとの遭遇でおわりを告げた。

第一章　後藤了順の手記

コツ！　コツ！　コツ！

鬱蒼と繁る原生林のあいだから、石畳をつく杖の音が次第にちかづいてくる。むかってきたのは遍路姿の古老、手元の鈴がかすかに鳴っている。

すれ違いざまに目を遣れば、菅笠を被ったその顔に、息を呑んだ。

「おとうさん！」

古老は眉をひそめ、こちらを一瞥もせずに、とおり過ぎようとしている。

「おとうさん、私ですよ」

聞こえなかったのか、足早に去ってゆくとは……。あっけにとられている私の耳に、

「お前はなに者だ！」

絞りだすような声がひびいた。

待ってください！　と追いかけようとするが、金縛りにあったように足が前に踏みだせない。

なぜ近づけない？　放心状態でいるうちに、父のうしろ姿は遠ざかるばかり。

あれよあれよという間に、その姿は視界から消えていった。

あっ、ああ　待って！　自分の声で目がさめた。首回りに寝汗がにじむ。うつつのような不思議な夢だった。キリシタンだった父がなぜ遍路姿なのか。気づいているはずの息子の呼びかけに「なに者だ」という詰問は父の発語か？　それともデウスの声か？　堂々めぐりの夢解き、夢見の悪さに、まんじりともせずに払暁を待つ。夜が明けたら墓参りに行かねば……。

やがて一番鶏が鳴き、キヨも起きだしていつものような一日がはじまった。

現実の世界はなにも変わっていなかった。戸を開けるとどんよりした気分そのままの、厚い雲が垂れこめている。小糠雨も降っているようだ。

朝餉をすませキヨに墓参りを告げると、キヨは一瞬、鳩が豆鉄砲を食らったような表情を見せた。

「こんなお天気がわるい時にお墓参りだなんて、お身体にさわるではありませんか。少しは自重なさらないと……」

そそくさと出かけようとする私の背中に、小言が浴びせられた。

平戸町から亡父がねむる寺町の皓臺寺(こうだいじ)へは、大川に沿ってめがね橋をめざす。ふたつの弧をえがく橋の上から見る川面には、強くなった雨脚が大粒の波紋を描いていた。浮かんでは消え消えては浮かぶ雨粒は、まるで輪廻のような人の命を連想させた。あわてて羽織ってきた雨合羽は、秋雨の冷たさをしのげず寒気をもよおした。

妻の叱責が耳によみがえる。

キヨの言っていることはもっともだが、瞼には成仏とは程とおい不興顔の父の姿が焼きついている。鬼籍に入って二十余年、これまで幾度となく夢枕に立った父だが、今回はこれまでとは違い、死相があらわれているのだ。すでに死んでいる父に、死相があらわれるとは奇妙な見立てだが、これには自分の老い先を知ったことが、一因かもしれない。死者は自分が会いたいと思う人の夢枕に立つというが、「お迎え現象」にも思われる。

墓参りには別の理由もある。総門をくぐれば皓臺寺の山門につづく高い石段は目の前だ。私は引かれるように道をいそいだ。

一

戦国の日本にフランシスコ・シャヴィエル師が伝えたキリスト教は、いっとき燎原の火のごとき勢いでひろまったが、今や残り火がくすぶっている様相だ。乱世では「後生の扶かり」を説くキリシタンの教えは、人びとの心の拠り所として好もしく受け入れられても、戦国双六のあがりに進んだ為政者にとっては、厄介なものだったに違いない。

頂点をきわめた英雄はみずからを神格化するのが常で、キリシタンがあがめるデウスより高みであろうとする。南蛮国（イスパニア、ポルトガル、イタリア）の宣教師を厚遇した織田信長公も、長生きしていれば冷遇に転じていただろう。

畿内を掌握し全国制覇に挑む豊臣秀吉公の逆鱗にふれたのは、長崎と茂木がイエズス会に寄進されていたことを知った時だ。南蛮かぶれの趣向だけならまだしも、日本国の一画が外国の領地になっていたとは言語道断！　仏僧と共存しない宣教師たちはキリシタンを駆りたて、力ずくで仏像を破壊させる。しかも日本人奴隷を売りとばす同胞人の狼藉を、看過するとはなに事ぞ。宗教人にあるまじき行為ではないか——。

天正十五年（一五八七）秀吉公が唐突ともみえる「バテレン追放令」を発令したのは、イエズス会の準管区長コエリョ師が軍艦を披露した数日後のことだ。

朝鮮出兵を企てる秀吉公にとって、ポルトガルの造船技術の結晶のような大型帆船フスタ船は垂涎の的だった。いち早くその意をくんだ高山右近殿は、船を献上するようにとコエリョ師に進言したそうだが、師はとりあわなかった。

そのツケが回ってきたのだろうか？

法令は二十日以内の追放というものだったが風待ちの時期でもあり、実際に出国したのは病者の宣教師だけ。キリシタンであっても商いすることには「おとがめなし」という曖昧な法令に、宣教師たちの使いどころを知る天下人の自家撞着が見てとれる。

宣教師たちは、布教活動の経費がイエズス会本部とポルトガル国王からの支給だけでは足りず、交易の仲立ちを担っている。マカオと九州をむすぶ交易は莫大な儲けを生み、剰余金をキリシタン大名に寄進するまでになっていた。

交易がもたらす蜜の味をおぼえた大名たちは、布教を本分とする宣教師たちの八面六臂の活躍も見て見ぬふりだ。天下人にはその富が脅威にうつり、キリシタンが一向一揆の再来になりかねないことも厭わしい。

これに風穴をあけたのが、土佐に漂着したイスパニア船サン・フェリーペ号である。

現地に派遣された増田長盛殿は船内の積み荷を没収し、言葉巧みに誘導して水先案内人の言質をとった。いわく「南蛮国が広大な領土を手にしたのは、先遣隊の宣教師のお蔭。侵略と宣教はつがいのようなものだ」。

そら、見たことか。これが彼奴(きゃつ)らの本性よ！

太閤となった秀吉公はこれを聞き、自分の先見の明をひけらかしたに違いない。かつてこの懸念を信長公に進言したものの、一笑に付されていたのだから。

大地が球体であることをみとめながら、数千万里もはなれた西の最果てから極東の日本に軍隊を送りだすことなど現実離れよ、と高をくくっていた信長公は泉下の客。

南蛮国が近場のマニラやマカオに拠点をもち、日本への軍隊の派遣も可能と知った太閤にとって、船員の証言は時宜にかなっていた。かれらの軍隊はおそれるほどのものではない——現地を視察した家臣の報告は握りつぶし、反キリシタンの大義を際立たせる。

帰国した遣欧少年使節を上機嫌で引見し、少年たちが奏でるキリシタン音楽を堪能した数日前とは打って変わって、それまで眠っていたような禁教令を持ちだし、見せしめのために宣教師や信徒たち二十六人を長崎で処刑したのだ。天下人の特権とばかり、変わり身は早かった。

太閤の死後、次の天下人と目されていた徳川家康公は、難破したオランダ船の生き残った航海士たちと面会し、紅毛国（オランダ、イギリス）との交易に食指がうごく。

おなじキリスト教国でありながら、紅毛国にバテレン（司祭）はいない。面倒な布教と切りはなした交易も可能か？　しかし、機はまだ熟していなかった。

家康公はなおも重要な役割を担っているバテレンを厚遇し、財政難に陥ったイエズス会に大盤振る舞いするほどの狸ぶり。キリシタンへの理解があったわけではない。

征夷大将軍となっても徳川氏は盤石とは言い難く、西の豊臣方と近々干戈（かんか）を交えるのは必至。

その準備に余念がなかったのだ。

キリシタンの数がもっとも多かったのは、実にこの頃である。キリシタン対策に決着をつける時がきた。

慶長十七年（一六一二）春、それまで棚上げにしていたキリシタン対策に決着をつける時がきた。肥前国大名・有馬晴信殿と本多正純殿の祐筆・岡本大八殿による贈収賄（「岡本大八事件」）が発覚する。岡本殿が立場を利用して、旧領回復をのぞむ有馬殿に偽の宛行状（あてがいじょう）を与え、多額の金品を受けとっていた疑獄事件だ。

国内すべての領土は将軍直々の裁可をあおぐもの、と漸う（ようよ）確立しつつあった徳川家を頂点とする封建制度を、根底からゆるがす大それた行為だった。

が、それにしてはすぐに足がつくような杜撰な〝はかりごと〟で、岡本殿の狡猾、有馬殿の短慮は責められても、双方ともに極刑という不当な結末は、かれらがともにキリシタンだったからであろう。

恰好の口実を得た公儀は、全国の直轄領に禁教令を公布し、本格的なキリシタン弾圧に乗りだした。教会は破壊され、棄教する者が日ごとにふえていく。

二年後の慶長十九年（一六一四）秋、ついに宣教師たちは国外追放の憂き目にあう。

キリシタン武将が次々と大坂城入りすることを苦々しく思う家康公は、宣教師たちとキリシタンの先達を、マカオとマニラに追いやったのである。

二

私の実家、後藤家は肥前武雄の領主・後藤家の一族で、父の宗印は長崎に出てから商人として頭角をあらわし、頭人（のちの町年寄）に取りたてられるまでになった。

ブルネイやシャムへの朱印状をもつ船主である一方、イエズス会から教理書の印刷を託されるようなキリシタンの大檀那で、後藤版と銘記されている『ドチリナ・キリシタン』など、教理書は三種におよぶ。洗礼名をトメといった。

父には町年寄の家督を長男に継がせ、二男を聖職者にという思いがあったのか、私は幼くしてセミナリオに送られた。そこで受けた全人教育は、いかなる立場になろうとも私の血となり肉となっている。卒業後はコレジオで学び伝道士（同宿）となったが、宣教師追放の時、司祭になる手立てのない日本をはなれることにした。

マカオにあるイエズス会の修練院で学びたかったのだが、そこに日本人の神学生を受け入れる余地はないという。イエズス会に貢献している宗印の子であっても、受け入れがかなわないとは、父は私以上に落胆したことだろう。

「マニラに行けば教区司祭になれるかもしれぬ」

あらたな情報が入ったのは、出国の数日前のことだった。あわただしく旅支度を整え、当日福田港にむかうと、波止場はすでに人でごった返していた。用意された唐船（ジャンク船）四隻のうちマニラ行きは一隻。父が持つ朱印船とは似ても似つかぬ老朽船だったが、追放される身にはふさわしかろう。宣教師たちはこれまで出身国や修道会の違いで対立もあったが、この場におよんで呉越同舟を余儀なくされ、キリシタンたちはこれからの異国暮らしに不安と一縷の希望をいだいて乗船した。

とも綱がとかれ、見送りの父の姿が小さくなってゆく。次にこの港を見るのはいつの日のことか――。初冬の鉛色の空が海と混然一体となっていた。島影がかすみいよいよ大海原に繰りだそうとするその時、にわかに甲板がさわがしくなった。

「パードレ、早く！　早く！」

船の下から叱咤する男たちの声に、辺りの空気が張りつめた。

ドボーン！　ドボーン！　海に飛び込む音が数回つづいた。野次馬の隙間から船の下をのぞきこむと数人の男たちが泳いでゆくのが見えた。数えれば五人。目がける先は唐船に横づけになった艀船（はしけぶね）だ。

マカオとマニラに送り込まれる宣教師たちのうち、ひとりでも多く日本に残留させるためキリシタン代官の村山等安殿がひと肌脱ぐらしい、と囁かれていたが、あっけにとられるような脱出劇が衆目のなかで行なわれたのだ。噂は本当だった。水しぶきをあげながら艀船に引き上げられた男たちは、遠ざかるわれわれにゆっくりと今生の別れのように手をふっていた。残留がデウスの御旨にかなない、信徒たちに必要とされている司祭ならば、かれらはなんと幸せなことか。羨望が茫洋とした自分の前途に一抹の不安を落とした。

船はなに事もなかったかのように航行し、うっすらと弧をえがいていた海辺も山々も視界から消えていく。神学校で学んだ地球球体説が脳裏をよぎった。

海原が鈍色(にびいろ)から墨色に代わった時、未知への旅のはじまりを知る。

一隻の船に追放者に与えられた空間は限りなくせまく、船室に入れるのは高山右近殿やモレホン神父のような要人だけで、大方は甲板の一画が居場所である。そこで持参の手荷物を枕にして寝ころぶのだ。それでも宵の明星にサンタ・マリアを思い、満天の星を仰げば気宇壮大になって、行く末の覚束(おぼつか)なさを忘れることができた。

しずかな海は時として牙をむき、荒れ狂う暴風雨の共犯者となる。自然の力の前に、人が屈するのはわけもない。猛烈なしぶきを身に受け、船酔いと人酔いで分別がきかなくなる。サタン(悪魔)の化身は、私の信念を試すかのように老朽船をはげしくゆさぶる。

ようやく海の怒りがしずまり訪れた平和の水平に、いっときほっとする。が、洋上で立ち往生がつづく凪になると、広大な海とは裏腹な、拘束されているような身動きとれない束縛感に苛まれる。虚空に置き去りにされて、見るべきもの聞くべきものなど、なにもないような虚無感におそわれる。

熟睡できぬまま朝焼けを迎え、つれない日輪がゆっくりと水平線に傾いていくのを目のあたりにして、時の流れを知る。こんな苦境にたえきれず、船中で命をおとしたのは、高齢者だけでなく若者にもおよんだ。

この受難の先に希望はあるのか？　私の心耳が聞いた最初のサタンのささやきだった。予想をこえる劣悪な船旅に、公儀のねらいはキリシタンすべてが遭難死することではなかったかと、うがった考えがもたげたが、あながち的外れとも言えまい。

奴隷船まがいの航海は一か月以上つづいた。高山殿がマニラ到着後の四十日余りで帰天したことからも、この船旅の難場がうかがい知れよう。南蛮国の宣教師たち、遣欧少年使節たち、そして奴隷たちが、船旅で突きつけられる最初の試練を思い知った。この第一の難関を乗り越えずして、司祭の道はひらかれないのだ。

マニラに着いてまもなく大坂冬の陣で西方が勝利した、という報せがコーチシナ経由でもたらされた。豊臣秀頼殿はキリシタンの保護を約束していたから、われわれは祝杯をあげキリシタンの明るい前途をよろこびあった。

ところが数か月後、夏の陣で西方は壊滅、大勢のキリシタン武将と宣教師たちは炎上する大坂城内で亡くなった、という報せが届く。現実は情け容赦なかった。

あの時下船した宣教師のうちの二人、ミゲル・アントニオ神父と等安殿の二男フランシスコ・村山神父は、そこで戦死したそうだ。別れの手振りが瞼によみがえる。

祖国のキリシタン事情をよそに、マニラですごした四年間はまさに私の青春、人生最良の時だった。目に刷り込まれているのはマニラ海岸の夕焼けだ。ゆらゆらと水平線の彼方に落ちていく日輪の残照が、橙と藍の彩色を天空いっぱいにひろげ自在に乱舞する。

この自然の営みが織りなす神々しい光景に触発され、私は詩を詠んだ。ラテン語の詩は光栄にも教義書に掲載され、唯一私のマニラ滞在の証しとなった。もっともそれを知ったのは、マニラをはなれてからのことだったが……。

念願の司祭となって帰国した私を父はねぎらうと同時に、禁教下の新米司祭の行く末を案じていた。

三

国外追放で宣教師たちは一掃されたのではなく、各修道会は国外に出る者と国内に潜伏する者とを選り分けた。追放前に百十五人いたイエズス会の宣教師のうち二十七人が潜伏。フランシスコ会、ドミニコ会、アウグスティノ会は、合わせて十四人が潜伏した、という。

潜伏する者は屈強な若者、日本語が堪能な者、信徒の信望が厚い高齢者も含まれていて、信徒は命がけでかれらを匿った。

外国船が往来する長崎ではキリシタンの出入国が制限され、帰省を命じられた長崎出身者は、いずれかの仏教宗派に属さなければ生計が立ち行かなくなる、という新手の兵糧攻めに直面する。

寛永三年（一六二六）、長崎奉行は一般キリシタンへの禁圧を強化、絵踏みがはじまった。次々と落ちていくなかで、父と頭人仲間の町田宗賀殿は志操高かった。新しい代官末次平蔵殿に呼びだされ棄教をせまられたが、ふたりは頑なにこれをこばんだ。

着任したばかりの長崎奉行水野守信殿は、手に負えないかれらに業を煮やして江戸送りとした。父には兄の庄左衛門が、町田殿には子息の惣右衛門殿が同行、ふたりの息(むすこ)たちはかつて権現様（家康）が示したような寛大な計らいを求める訴願書を、公儀に提出するのだった。

その頃私は上方にいた。

帰国後は長崎で二年余り潜伏するも、宣教師狩りがきびしくなり郷里からとおくはなれた畿内で、潜伏していた教区の司祭たちと京、伏見、大坂、堺を巡回する日々を送っていた。そこで私は数年後おなじ運命をたどるポルトガル人宣教師と再会している。上京区の教区長となっていたイエズス会士には有力な支援者がついていた。

父たちが道中の大坂で二泊すると聞き、会いに行く。次々と訪れる慰問客に応対する父には町年寄の重鎮の風格が保たれ、

「捕らわれ人になっているのは信仰のため。キリスト教の信仰は若い時から信長様、太閤様、権現様から許されたものである。バテレンを匿ってもいないし、バテレンには日本から出ていくように説得もした。これまでお上に逆らったことはないが、此度（こたび）の信仰をすてよ、という公方様の命令に従うことはできない」

と、そのことばは力強く、となりで町田殿がふかくうなずいていた。

交易の立役者である父たちには特別の配慮がなされ、早晩釈放されるものと踏んでいたが、かつてのお目こぼしは通用しなかった。帰国は一向にゆるされず、訴願書の返答もないままむなしく時が過ぎていく。

こんな事があるものか！

と、長い拘留に不吉な予感がぬぐえないでいた矢先、兄から早飛脚がとどく。重篤の父が私を呼んでいるという。読みが浅かったと気落ちする暇もなく、最悪の事態にそなえた最小限のミ

サの道具を荷物にしのばせて、江戸へと急いだ。

江戸の小伝馬牢は獄屋というより檻のようで、太い角材が交差した窮屈きわまりない隙間から希望をうしなった人びとの邪気が漂ってくる。収容されたキリシタンが獄囚と同列に扱われていると思うと、無性にやるせなかった。

用意してきた金子(きんす)を番人に握らせると、かれは慣れた手つきですばやくそれを懐にしまい、獄屋から少しはなれた小川のほとりにある粗末な小屋に案内した。病者はそこに移されるらしい。

小屋の片隅で父はむしろの上に仰臥していた。島原町の実家で絹の蒲団に包まれていた姿が思い起こされ、あまりの落差に胸がつまる。父の傍にすわっていた兄が私に気づくと、けわしい顔つきで首をゆっくりと横に振った。父の前にいざる。

はだける老親の胸にはあばら骨が浮かび上がり、すでに屍のような姿だ。往年の恰幅のよい豪商は見る影もなく、四か月前に上方で会った丈夫とはまるで別人だった。八十路とはいえあの時の矍鑠(かくしゃく)としていた姿を思い返せば、老衰とは承服できない。急激な衰弱は病のせいか？この姿に至ったのはお上の無慈悲のなせる業か？

頭人への敬意は払われていると兄は言うが、本当だろうか。それとも……？

「ミゲルが来ましたよ」

兄が父に声をかける。

「ミゲルです。わかりますか？」

文字通り骨と皮だけになった父の手をとると、拳のなかにコンタツ（ロザリオ）がにぎられていた。弱々しい父の目がうっすらとひらかれ、私をみとめると心なしか口元がゆるみ、小さくうなずいた。事態を「諒」としているのか。

キリシタンの最期に立ち会った司祭は、コンチリサン（痛悔）を聴き終油の秘跡をさずける。終焉をむかえた父は私を息子ではなく、ハライソへ送りだす司祭として呼んでいたのだ。

父の口となってオラショを唱える。

いま憐みの御まなじりを、罪人なるわれらにめぐらせたまえ。わが罪のかわりとして御パッショに、はかりなき御奇特をささげたてまつれば、これをもってわれに御勘気をゆるしたまえ。ゼススの流したもう御血の御奇特と、御身の御深き憐みに頼みをかけたてまつりて、おかせし罪の御ゆるしをこい奉れば、またこの訴訟の御とりつぎには、御母サンタ・マリア様を頼みたてまつれば、御とりなしをデウス様も聞し召し入りたまいて、これをもってわれに御勘気をゆるしたまえ。われこの功力（くりき）には及ばざれども、御子一分にふたたび召し加えさせたまえ。

つつしんで頼みたてまつる。

アーメン　ゼスス

父の額に十字を指でなぞり、自分にも十字をきった。

この時たしかにわれわれは聖霊に守られていた。ハライソへの道がひらいて父の表情がやわらいだ。その双眼から伝わるほそい涙を見た時、突如としてひらめいた。

これは！　父がみずからのぞんだ最期なのではないか？　食を絶ち、ゆるやかに命をちぢめていった罪を、父は声なき声で告白しているのではないか。

大きな罪を背負った父に、さずける赦しの秘跡——。デウスからさずかった権能が、この時ほどわが矜持となったことはない。司祭になったのはこのいっときのためであったか、とさえ思われた。

かがやかしい経歴とは対極の、苛酷な獄中生活に甘んじた父は、その苦しみをデウスに捧げた。司祭にこそならなかったが、父の信心は司祭の自分よりはるかに勝っている。決して乗り越えることのできない大きな存在だった。

父はうったえるかのように唇をうごかした。兄とともにその唇に耳をちかづける。

「な・が・さ・き・の……」

かろうじて聞きとれた言葉は長崎への愛着だった。父の手を握りしめて私はうなずいた。

（かならずや長崎の教会堂の土に眠っていただきます。ですから心安らかに……）

終油の秘跡に間に合った父は最期のかがやきを放ち、蝋燭の灯が消え入るように呼吸が浅くなり、永遠の眠りについたのは夜も更けた頃だった。

翌日、お上の意向で早々に荼毘に付された。遠国で捕縛されたキリシタンの処遇は江戸へ「御仕置伺い」をたて、その沙汰を待つ間、絶命した遺骸は塩漬けにされると聞く。

江戸で亡くなったことも、父の目論見どおりであったか。

異郷の空に煙が立ちのぼる。盛者も弱者も、賢者も愚者も、善人も悪人も、人は皆、ひとしく煙となって天に帰ってゆく。父が望んでいたものならば、死出の旅を嘆くことはない。この世はいっときの仮の住まいではないか。

遺骨を骨箱におさめて、長崎へ旅立とうとする私を、それまで言葉少なげだった兄が呼びとめた。

「ミゲル、町田殿が……」

「おおっ、町田殿がいかがされた？」

「全うされた」

……ことばをうしなった私に兄の声がかぶる。

「お奉行からの伝言だ。町田殿とおなじ道をえらぶか、それとも……」

青ざめたその横顔が苦渋を物語っている。

向かい合おうとしなかった現実が、間近に迫っていた。近い日にこんな会話が交わされることを、自分と後藤家の定めを決する日がくることを、私はどこかで知っていたのだ。もう逃れることはできないだろう。

しかし、今暫くの、暫くの猶予を、与えられんことを……。

怯懦（きょうだ）がまたぞろ顔を出した。

四

皓臺寺の山門をくぐると、堂内から読経が途切れとぎれに聞こえてきた。

法事が営まれているようだ。そのまま左手にひろがる墓所に向かった。

ゆるやかな丘陵には苔むした墓石がならび、所々に根を張った大きな木が葉をひろげているので、昼間でも薄暗い。散在した病葉（わくらば）を踏みしめながら高所にむかう。馬齢を重ねた身は息が切れる。ふりかえると木々の間から遠く長崎湾がのぞいていた。

あの波頭をわたってマニラを目指した昔日が、他人事のように思われる。雨は止んでいたが、濡れた石段を一歩一歩登りながら、私はこころに背を向けた日々を清算していたのかもしれない。

辺りが明るくなった。ようやく天辺近くにある父の墓の前にたどりつく。

頭人らしい堂々とした石柱の墓石だが、ここは教会堂ではない。曹洞宗の寺院内の塋域で父が安らかに眠っているとは思われず、傍ら痛い。悲壮な覚悟で遺骨を納めたあの日、私はそれまでの過ぎ越し方と決別したのだ。

墓前にはだれが供えたものか、濡れた花束が身ぶるいしながらちぢこまっていた。まるで自分の姿だと自嘲しながら線香を手向け、無意識に十字を切った。長年の習性に、はっ！　とわれに返り、辺りを見回す。思わずため息がもれ、土の下にねむる父にこうべを垂れる。否、天上にいる父には仰ぐべきであろう。

父が生きていたら、私の在りようをなんと言うだろう。夢にあらわれた父のよそよそしい素振りと発語がふたたび胸にささる。不肖の息子はこころのなかで弁明する。

（貴方がここに眠るのも後藤家が安泰なのも、子どもたちがお上に屈した代償。貴方には不本意であっても、この道しかなかった。棄教するぐらいなら後藤家の安泰など望んではおらぬ、

町田家のようにお家断絶でもかまわぬ、と貴方は言われるか）
御託を並べる様は墓前で迷える子羊だ。父の享年を越えることのない余命では、子羊は永遠に子羊のままである。

おなじ墓地にねむる縁者をお参りする。中段にある墓石に近づくと、墓前に黒い着物をきた老人が合掌していた。家族の者なら退散しよう、かれらに会うのは避けたいと身構えたが、すぐに老人の姿は消えた。面妖なことよ！　と思いながら墓石の前に佇む。

正面に澤野家之墓とあり、側面には「忠安浄功信士」「慶安三庚寅年十月十一日」の刻字。昨年亡くなった澤野忠庵殿である。前身はきりしとあん・へれいら、という名のイエズス会の司祭だった。故国ポルトガルを離れ、ゴアとマカオで学んだへれいら師は司祭に叙階された翌年日本に上陸した。

慶長十四年（一六〇九）、マカオから師を乗せた黒船ノッサ・セニョール・ダ・グラサ号（通称マードレ・デ・デウス号）が入港した長崎は、二年ぶりの交易で賑わう筈だったが、前年に勃発した「マカオ事件」の因縁から話がこじれて戦闘状態になった。

世に言う「黒船爆沈事件」で、爆沈させた有馬晴信殿は恩賞の斡旋を岡本大八殿に頼んだ。これが「岡本大八事件」を惹き起こし、キリシタン禁制に拍車をかけたのだ。

この当該船からへれいら師は早々に上陸していたが、もし遅れていたら黒船もろとも海の藻屑となっていたことだろう。いかにもかれは来日の門出に、只ならぬ未来を暗示するかのような事件に遭遇していた。

へれいら師が比較的平穏な時をすごしたのは、来日後の四年間だけだった。有馬のセミナリオで日本語を習う南蛮人の挙動に、同年輩の私は関心を寄せていた。有馬殿の遺児たちを無原罪の聖母の御絵の前に導いて、一緒にコンタツを唱えていた同志。その幼子たちが異母兄に殺されたことを知り、身をふるわせてしのび泣いていたその姿を私は忘れない。

日増しにきびしくなる禁教下で最終誓願を終えたへれいら師は、危険な日本からはなれず巡回布教につとめていた。

来日二十四年目の一六三三年——管区長代理という実質日本イエズス会の最高責任者となった師は、任命されたことを知らないまま捕らわれて悪名高き穴吊るしの刑に処せられる。そこでだれも予想していなかった棄教で、南蛮人初の〈ころびバテレン〉となったことは、イエズス会だけでなくヨーロッパの全キリスト教界に激震をもたらした、という。

師の立ち返りをうながすため、密入国した宣教師たちはことごとく捕縛され、ある者は殉教し、ある者はミイラ取りがミイラになったようにころんでしまった。

へれいら師と私はおなじ棘を抱えていた。共通の〈ころびバテレンの烙印〉を、互いに肚の底では軽蔑し合い、どこかで慰め合うような間柄——かつての同信の信徒たちを吟味している同輩だった。

ある時、かれは私に言った。

「デウスはしばしば人が思い上がらぬように棘を与えるという。サタンから棘を負わせられたのがわれわれだ」

デウスから与えられる棘の意味を、私は理解していなかった。かれも私もそんなに思い上がっていたのだろうか？　首を傾げる私にかれはこうつづけたのだ。

「宣教師に必要な棘ならば、その犠牲となったわれわれのころびにも意義がある。そう思わないか？」

そんな都合のよい弁明があるものか！　と内心反発しつつ、受け入れたい自分がいた。

帰化して〈澤野忠庵〉となったへれいら師と、それにつづくころびバテレンたちの不遇な運命は、わが身と同列ではない。互いに生まれ合わせた時代が悪かったと、言い訳をかこってみても、これを自嘲するもうひとりの自分がいる。

かれらがたどった壮絶な殉教への道、苦悩の末に選んだ棄教への道――そのどちらの道も私はとらなかった。宗印の息子という他には耳目を引くような宣教師でもなく、家の存続を引き換えにした棄教には、言い訳が先立って痛みを伴っていないのだ。

「お前はなに者だ！」

父の声がこだまする。

自分で選んだ道ながら、忸怩たる思いは死ぬまで抱きつづけていくのだろう。諦念にも似た、無心でいることが私の生きる術だった。が、どこか剣を持ったキリシタンの矜持というものを、捨てきれてはいなかった。その自己肯定がここまで生きつづける動力となっていた、と言えるかもしれない。

やがて私も地下の住人。物言わぬ石に語りかけるほど、墓石が身近なものになってきている。墓石の反対側に回ってみた。

おやっ！　あたらしい戒名が吸い込まれるように目に入ってきた。

「月盛浄江信士」の下に慶安四辛卯年七月廿九日、とある。数か月前、はやり病に冒されたと風の便りで聞いていた息子の忠二郎殿は、亡くなってしまっていたのか？　さっき墓前で合掌していた老人は、息子を弔う忠庵殿の魂――死霊だったのか？

その時衣ずれの音が近づいてくる気配がして、とっさにその場をはなれた。澤野家の人びとには会えない。後ろめたさがぬぐえないでいるのは、ひとえに私の告発にある。

澤野家に残された踏絵を私が預かることになったのは、忠庵殿が亡くなってからまもなくのことだった。包みを開けておどろいた。

踏絵が真っ二つに割れている！

あきらかに人の力が加わったもの！　忠庵殿の仕業だと直感した。

忠庵殿が絵踏みに懐疑的であったことは知っていた。祝別されていない踏絵は聖画といえども一枚の板絵にすぎないが、その道理を知らず聖画を侮蔑する行為にわななく信徒たち——恐るおそる足を置くかれらの様子をつぶさに観察し、信心の真偽をたしかめる儀式に、なんの意味があるのか。

しかし、それを批判したり疑問を形にするなど、命を惜しむ者がどうしてできようか。忠庵殿は死期を悟っていたのだろう。だからこそ静かに灯しつづけたお上への反抗を、確信を持って形に表わすことができたのだ。奉行所は不帰の客となっている忠庵殿をどうすることもできず、割れた踏絵はひっそりと差し替えられた。

申し開きになるが、私の告発がなければ遺族にその嫌疑がかかったかもしれないのだ。忠二郎殿が亡くなったとあれば、澤野家の家禄は取り上げられ、未亡人は追い詰められていないだろうか。気がかりである。

しかし、澤野家の人びとにそんな心情をもらすことも、のぞかれることも避けたかった。私の姿がかれらの視界に入らないうちに、さっさと退散することだ。

踵を返すと息切れもかえりみず、逃亡者のように一目散に石段を駆け降りていった。

第二章　澤野加恵の回想　其ノ壱

一

朝から小雨に見舞われたその日、忠庵どのの一周忌と息子忠二郎の百か日の追善供養がしめやかに、寺町の皓臺寺で執り行なわれました。

忠庵どのの新盆を迎える頃、忠二郎は父親のいない世をはかなむようにしてあとを追ってしまいました。はやり病いに抗えなかったとは申せ、あたら死に急いだみじかい命でございました。忠二郎の死後まもなく家に残された忠庵どのの遺稿や書籍、奉行所からの預かりものなど、家財道具一切合切が没収されました。

忠二郎はわずか一年の家長でありましたが、その死を待っていたかのようなお上の仕業は、忠庵どのが暮らした形跡をのこしてはならぬ、とでもいうような非情なものでありました。なぜそのような仕打ちがされるのか、その理由を知ったのはずっと後のことでございます。

その年は江戸の公方さまが身罷る、ざわついた世の中でありましたが、わたくしはわが身におそった不幸の数々をうらむ気力も失せ、空蝉のような体たらくでして、娘夫婦が近くにいなかったら、納骨や法要を執り行なうことはおろか、この世の外に身を置いていたかもしれません。

神も仏もない無情の世はすべてが灰色の様相で、皓臺寺の墓所で見かけた老紳士の人影も、白黒の夢のひと幕のようにぼんやりしたものでございました。

それが翌年、娘夫婦にまるで忠二郎の生まれ変わりのような元真が誕生したことで、わたくしは生気をとり戻しました。すると記憶が彩られ、視界がひらけたようになって、あの老紳士は久しくお会いしていなかった了順さまではないかと思いはじめ、今ではそうだったに違いない、と確信するまでになりました。

了順さまのご尊父後藤宗印さまがこのお寺の墓所にねむっておいでですから、そのお墓参りをされていたと考えても不思議ではありません。その帰りでもあったのでしょうか、了順さまは澤野家のお墓の前に佇んでいらして、わたくしたちが近づくと逃れるようにその場から去ってしまわれたのです。

そのつれない素振りに、旧知の仲ならひと言お声をかけてくださってもいいものをと、恨み言のひとつも浮かぶ一方で、お互い世をはばかって生きるもの同士、談笑する仲でもあるまい、と思い直しました。それにたとえ声をかけられても、あの時のわたくしには受け答えできる余裕などありませんでした。

了順さまもころびバテレン。忠庵どのとおなじように奉行所の通事をつとめ、キリシタン吟味にもたずさわっており、棄教者が署名する南蛮誓詞という起請文には、忠庵どのと連名で証人になっておられました。

従来の日本誓詞は棄教したキリシタンが立ち返らないことを、神仏に誓うものでしたが、元々神仏を信仰していないかれらです。その誓いは信用ならぬ、ということで南蛮誓詞が生まれたと聞いております。

それは棄教者が信心を取りもどさないことを、デウスやサンタ・マリアに誓い、立ち返れば天使や聖人から罰を受けるという、なんとも不可解な誓詞なのでございます。二十年以上も前に長崎ではじまったものだそうですが、辻褄が合わないものでも、たとえ偽装棄教であっても、お上は転び証文の提出を命じました。絵踏みと同様、立ち返りを防ぐために考案されたものでした。

南蛮誓詞のもうひとりの証人として、名を連ねていらしたのが荒木了伯さまでした。

了伯さまはお上に従順な方でしたが、晩年キリシタンへの立ち返りを自訴されました。その申し出をお上はまともに取り扱わず、気がふれた老人の世迷い言として、立ち返りをみとめなかったとか。最期は殉教されたと伺いました。

その顛末を知らされた忠庵どのの心中は、はかり知れません。かつて了伯さまが棄教された時、それをたしかめるために平戸まで出向いたのが、他でもない棄教前の忠庵どのだったのですから。それから幾星霜、今度は了伯さま立ち返りの知らせです。

ひと言も発せず、まばたきも忘れて宙をにらむような忠庵どのの形相が、未だ忘れ得ぬものになっているのでございます。

了順さまとて内心は複雑でいらしたに違いありません。

だれしも生きるために生き延びるためには、自分が信じているものだけでなく、自分のこころさえあざむくこともありましょう。あざむいていることすら、やがて忘れてしまうのが世の常人。了伯さまのこころのうちを知ることはかないませんが、あざむいたことを忘却するご自分を、ゆるせなかったのでございましょう。

まことに稀有な行為とは申せ、これをほめそやすあまりころびバテレンをさげすむことなど、だれができましょうか。

二

わたくしが忠庵どのに——その時はまだその名前ではありませんでしたが——はじめて顔を合わせたのは忘れもしません、寛永十一年（一六三四）睦月のある午後のことでした。その数日前、長崎奉行の今村さまが突然「折り入って話がある」とおっしゃってわたくしの家に来られました。

家といっても街中からはなれたわび住まいでございまして、かようなところにお奉行さま直々のお出ましとはなに事か、と不安にかられました。暮らし向きを恥じましたのも、亡くなった夫に思いもかけない嫌疑がかかり、召し捕らわれるまでは親子三人、人並み以上の暮らしを送っていたからに外なりません。

夫は若い時分に戦乱の明国から渡来した苦労人で、長崎ではそのような人たちを「阿茶さん」と呼んで親しんでまいりました。外つ国の人びとが行き交うこの町で交易にたずさわり、長ずるに及んで財力をたくわえた有能な商人でございました。

一方のわたくしは貧しいながらも武士階級の家柄の出。お互いにおぎなうものがあり、縁をとりもつ者がいて、夫婦になったのでございます。帰化した夫はわたくしの姓を名乗るようになりました。

　夫が捕縛される数か月前、先の長崎奉行竹中采女さまが罷免されました。在職中に犯した不祥事がつぎつぎと明るみにでて、そのうちのひとつが抜け荷（密交易）でありました。くわしくは存じませぬが、御朱印に代わるものとして老中方が発行する奉書を使って、竹中さまは巧みに私腹を肥やしていた、と伺いました。

　それに夫が加担していた、と言われたのです。まったく寝耳に水の話で、律儀な夫はきっとお上の命ずるまま、おつとめを果たしていたのでしょう。明国では抜け荷がはびこっていたそうですから、その仕事が日本ではきびしいご法度であったということさえ、夫が承知していたかどうか、今となっては確かめようもございません。

　申し開きの折も与えられず問答無用とばかり無慈悲にも、夫は仕置き場の露と消えました。まるで蜥蜴のしっぽを切るように……。異国から来た一商人のいのちは、風に吹かれる木の葉程に軽いものなのでしょうか？　夫の無念はいかばかりであったか。

　涙のかわく間もなく闕所（けっしょ）（死刑の付加刑。所有する家屋敷、家財の没収）となり、わたくしは五歳になった娘の壽（ひさ）をつれて人目をはばかるようにして、実家からも長崎からもはなれた辺鄙な村で、息をひそめて暮らしはじめたのでございます。

　それからまもなくのこと、当の竹中さまは江戸で切腹を命じられ、ご子息と共に命果てたと聞きおよんでおります。

今村さまがおいでになったのは、喪が明けてまもなくの頃でしたので、伺った御用の向きは心底わたくしをおどろかせました。

当時、全国各地で捕縛されたキリシタンと宣教師たちが長崎に連行されており、棄教せず仲間の居所も明かさない者たちは、身の毛もよだつ穴吊るしという、あらたに考案された拷問にかけられていた、と聞きました。内臓が下がらないようにきつく布を巻きつけ、縄でしばりあげた胴体を、ふかく掘った暗い穴に逆さまにして入れ両足を吊るすとは……。

なんと酷い刑でありましょうか。いっときに殺されるより、その苦痛は数倍にもおよびましょう。キリシタンの根絶やしをもくろみながらも、命をうばって働き手を失うことをおそれたお上は、かれらをころばせることに方針をかえたそうにございます。

信心ぶかいキリシタンたちは苦悶にあえぎながら、数日後に絶命していきました。

そんなある日、穴吊るしに屈したという南蛮人バテレンの話が、わたくしが住む僻地にまで伝わってまいりました。南蛮人バテレンのころびははじめての事、しかも日本イエズス会のなかでいちばん偉いお方だそうで、そのころびがどんなにか長崎の潜伏キリシタンたちに衝撃を与えたことかと、キリシタン事情にうとい者でも想像はつきます。

「へれいら」という名のバテレンが、ふえつづける殉教報告を綴っていたことからも、書き手自身の殉教をうたがう者はおらず、お奉行さますらも予想されていなかった、とか。

そのころびの効果の大きさに、庄屋（役人）の人びとが大喜びしたという、もっぱらの評判でした。ころんだバテレンは公方さま直々の裁可を仰ぐため江戸に召喚された、と耳にしておりましたが、その当人との縁談があろうことか、このわたくしにもちかけられたのです。

これを青天の霹靂と言わずになんと申しましょうか。

滅相もない！　なぜこのわたくしに？　それに江戸に行かれたのでは？

おどろくわたくしに、事も無げに、

「まもなく帰ってくる。かの者に妻帯させよ、と公方さま直々のお達しじゃ。そちならば死んだ亭主も異人だったゆえ、違和感はなかろう」

と、今村さまはおっしゃるのです。

ひとしなみに異人と言われても、南蛮国の人と明国の人とでは、姿形からしてまるで違うではありませんか。それに南蛮人が信じているキリシタン宗門の教えを、わたくしは存じません。仏様をみとめず仏像を壊してしまうようなキリシタンを、世間の人たちとおなじように魔物とさえ思っていたのです。

それでも無慈悲な処刑には、亡き夫の無念さが重なってあわれみを覚えておりました。

件のバテレンは苦痛に耐えかねて、ころんだのでしょうか？

他の宣教師たちは殉教したのですから、ことさらその失態が際立つのかもしれません。が、よしんばそのお方が自分のころびをみとめて、キリシタンからはなれていったとしても、果たして本当にころんだのかどうか、そのこころの内をのぞくことなど、だれにもできません。

そのような曰くある異教徒のお方との再婚など、ましてや寡婦になって日の浅いわたくしがどうして考えられましょう。その時、人知れぬ気がかりな問題もかかえていたのですから、とても受け入れられる話ではありませんでした。

気持ちこそはっきりしておりますのに、その場でお断りできない身の上でありました。そのやるせ無さはおなじ境遇におかれた者でなければ、とてもおわかりいただけるものではないでしょう。

今村さまはわたくしの戸惑いなど、蚊にさされる程にも意に介さないご様子で、早々に見合いの段取りを決めてしまわれました。唖然としながらも、ふと、あらぬ考えがこころに芽生えました。

奉行所は夫を理不尽な死に追いやった負い目から、残されたわたくしたち母娘の覚束ない行く末をあわれんで、再婚をすすめたのではないだろうか？　すすめるからにはその先の面倒をみようという親心もあるのかもしれない……と、そんな虫のいいあわい期待でございました。

どうぞ、お笑いくださいまし。わたくしの浅はかな了見は噴飯ものだったと、日を待たずに思い知らされたのでございますから。

三

その日、お奉行所のひと間に通され、待つように言われたわたくしが、なにを思ってそこに座っていたのか、よく覚えておりません。逆らえない定めに沿うには、こころを空しくすることだと、おのずとわかってきたからでしょうか。ですから今村さまにつづいてあの方が入ってこられた時も、こころがゆらぐことはありませんでした。

向かい側にぎごちなく膝を折ってすわる姿は、日本の着物を身につけていても、やはり異人さんの風体だ、と気づきましたが……。

「今さら説明するまでもなかろう。こちらが澤野加恵殿じゃ」

間に入った今村さまは先をいそぐようにわたくしを紹介しますと、あの方は居心地わるそうに白髪交じりの栗色の頭を下げました。居心地のわるさは、こちらにも伝わってまいりました。

「へれいら殿は近々帰化することになっている。澤野忠庵と名乗るがよかろう」

いきなり核心をつく今村さまのことばに、いささかわたくしは狼狽し、うつむき加減でいらしたあの方がおもむろに顔をあげました。

その時はじめてその面貌を目の当たりにいたしました。

年の頃は知命をこえていると承知しておりましたが、同年輩の日本人よりも老けて見えましたのは、落ちくぼんだ目やこけた顎のせいでしょうか。色を失った顔面のこめかみ辺りに、少し黒ずんだ十字の傷跡が目に入りました。あとで知り得たことですが、こめかみに穴をあけたのは血を垂らすためのもので、逆さに吊るされた者の顔面のうっ血を防ぐためだったとか……。死なせることなく苦痛を長引かせるためでもあるという、その傷跡でした。

穴吊るしはキリシタンに限った刑罰だと聞かされました。魔物はキリシタンだけではなかったようでございますね。

今村さまに向けたあの方の顔面には、お腹の底からこみあげた「氣」がただよっていて、それが舌端から飛び出し、強い口調の言の葉となりました。

「その儀は先日も申したとおり、ご容赦願いたい」

拷問に耐えかねてころんだ者とは思えぬ、凛とした語調でありました。つられたようにわたくしもきっぱりと申し立てました。成り行き任せでは、いられなくなっていたのです。

「寡婦になってまだ日も浅いわたくし奴でございます。どうかこの儀は平に、平にご容赦くださいませ」

と、お奉行のお慈悲を当てにしていたことも忘れ、両手をついてひれ伏しました。

するとあの方は堰を切ったように話されたのです。

「それがしは若くして司祭になり申した。司祭は終生結婚いたしませぬ。しかもすでに五十三という老齢の身、父娘ほど年のはなれた結婚など、罪業にも似たふるまいにて……」

低くひびく声で流暢に日本語をあやつるその姿には、禁制の布教活動に明け暮れ、不惜身命の勇者の風格がしのばれるようでした。彫りのふかい外見も、もはや異人さんとは思われず、おなじ難問に立ち向かう道づれとなっていたのでした。

立てつづけに申し開くふたりに立腹されたのか、今村さまはそれまでの温和な態度を一変させ、とがった声で、

「これはしたり。罪業とは異なことをぬかすではないか。おぬしはまだ司祭のつもりでおるのか」

と、忠庵どのをあざけり、威丈高に、

「地獄の底から助けを求めデウスを棄てたことを、おぬしはよもや忘れてはおるまいぞ。今さら独り身をとおす道理もなければ、寡婦との縁組に年の差などなんの問題があろうか。妻帯させるのは、おぬしのころびが奉行所の空言(そらごと)ではなかったと、キリシタンたちにわからせるた

めじゃ。彼奴らは落胆し、ころび者もふえよう。この結婚は両人が思う以上に意義あるものなのじゃ」

と、有無を言わせずに一気におっしゃいました。

「これは上意であるぞ。どんな言い分もまかり通らぬ。お前たちはお上の駒であることを、忘れるでない」

とどめを刺す言葉を、うなだれて聞くしかありませんでした。

なんと愚にもつかぬ考えをもっていたことかと、恥じ入り、そして悟りました。死を賜った重罪人の家族は棄ておかれたのも同然の身。お上にどう扱われようと逆らえず、また、死の淵から生還したころび者も、命尽きるまでお上の奴（やっこ）として生きるしかないのだ、と。

ころびバテレンに妻帯を強いることは、バテレン本人だけでなくキリシタンをもいやしめ、辱めることとなのだと、ようやくわかってまいりました。

なんと卑劣なやり方でありましょうか。

あの方はどんな思いでこれを聞いていらしたことか。

そっと窺うと口を真一文字に結び、わずかに眉間に皺をよせて瞼を閉じていらっしゃいました。かつて身にあったに違いない猛々しさや気概といったものは消え、生き残るためには辱めさえも受け入れる、敗者の覚悟をもった姿でありました。

この結婚はわたくし以上にあの方にとって、忌むべき避けたいものであり、ふたりは耐えがたい定めを共有する者同士なのだと、思い至りました。すると顔をゆがめたあの方が、ふいに不憫に思われたのです。その時こころに芽生えた情けは、自分でも説明できないものでございましたが……。

今村さまはご自身の威光をちらつかせたものの、押し黙ったままのふたりに閉口されたのか、重い空気を打ち払うようにおっしゃいました。

「ではこういたそう。両人は一緒に住んで、加恵殿はへれいら殿の身の回りの世話をする。それでよいな」

事態が変わっていないことは、重々承知しておりました。けれど日常の身の回りの世話をする、という話になって、少し安堵したのも事実でございます。

同舟相救う――むかし寺子屋で習った文言が頭の隅をよぎりました。事の成り行きは是非もなくお奉行によってすすめられ、蟷螂（とうろう）の斧にも似たわたくしどもは、用意された舟に同乗する旅びとになったのでございました。

あの方が寄宿されていた晧臺寺のお堂で祝言をあげたのは、それからまもなく、立春とは名ばかりの寒い日のことでした。

小役人がつとめる形式ばかりの媒酌のもとで、終始伏し目の忠庵どのには気力もなく、あらゆる感情を閉じ込めて、過ぎゆく時を傍観している木偶のようでありました。

わたくしはと言えば、体調の変化に戸惑いながら、この儀式をどこか他人事のように思い、早く時が過ぎ去ることを願うばかりでおりました。

この祝言は見世物。有象無象の野次馬が茶番のような祝言を、お上の勝ち鬨のように囃したてていた——三々九度もよく覚えておりませんのに——この屈辱は忘れたくても忘れられません。身じろぎひとつしなかったあの方が、

「ころびバテレンのなれの果て！」

と半畳を入れられた時、青白い拳をふるわせたことは、隣にいたわたくしにもわかりました。見たくなければ目をつむることはできます。でも日本語をよく理解するあの方が聞きたくないと耳をふさぐことなど、あの場でどうしてできましょう。

ずいぶん昔の話ですのに、今でもその時のこころ無い有り様が思い出されるたび、切なさがおそってまいります。

その日の夕方「澤野忠庵」となったあの方が、小さな柳行李をもってわたくしの粗末な住まいにやって来られました。ことばを交わしたのは、この時が初めてでした。

「あの〜、貴方さまをなんとお呼びしたら、よろしいでしょうか」

「忠庵と呼んでください。クリストヴァン・フェレイラはもうこの世にいないのです」

力ない声であの方は言われました。

結婚は半生をささげた聖職にわかれを告げた儀式――。こころのうちでどれほど惜別の涙をながされたことでしょう。忠庵どのも人の子。母御が存命でわが子の涙を知ったなら、どんなに悲しまれたことでしょう。

夜になって忠庵どのは部屋の隅を指さして、遠慮がちに言われました。

「そこで休んでもよろしいか?」

もっと広いところへと申しますと、小さく首をふり、「そこで」と言い、持参してきた薄い布団をしいて寝床につきました。そして正体を失ったようになって眠り込んでしまわれたのです。なん十年もつづいた緊張の連続、捕縛から受難、そして棄教によって一変した身の上。それらを受け止めなければならないこころの整理など、疲労は山積していたことでしょう。

心身ともに休息をのぞんでいるものと思い、翌朝起きてこなくても見守るだけでおりましたが、眠りこける忠庵どのの様子を見るうちに気づいたのです。ふかい眠りは仮の死、冬眠にも似た尋常でない眠りは、ふたたび生きて活動するために欠くことのできないものだったのではないか、と。

きりしとあん・へれいらが澤野忠庵として生まれ変わるためには、いっとき死ななくてはならなかったのでしょう。忠庵どのが目覚めたのは丸一日がたとうとする頃でした。

「死んだように寝てしまいました。どこか遠くに行ってきたような気がしています」

わたくしにはわかりました。あの方が黄泉の国に行っていらしたことを。こちらの世界でもう一度生まれるために……。

四

ころびバテレンが結婚した！

辺鄙なところでも、いえ、辺鄙なところだからこそ、でしょうか、物見高い人びとは大勢おりました。口さがない雑言は予想どおりでも、連日あびせられると、さすがに年端のいかない壽にも事情がうっすらわかるようで、涙ぐんだ時は胸を痛めました。

わたくしがなぐさめますと、壽は顔を上げて申しました。

「みんなは知らないの。おとうさまは悪い人なんかじゃない」

「ええ。良い方よ」

「おとうさまがころんだって、みんな言うけど、だれだってころぶことあるでしょう?」

「……そうね」

「ころんだら起き上がればいいのよね。おかあさま」

幼くも健気に精いっぱい抗議し、素朴な問いかけをする娘を、思わず抱きしめたものでございます。娘はあの方と初対面の時から、案じていたような人見知りもせずにすんなりと懐いてくれました。

「壽は長生きしますね」

壽は長寿をねがった名。あの方が話し言葉だけでなく、漢字にも精通していることにおどろきました。壽を慈愛にみちた目で微笑むその姿は、子どもの警戒心を解いたのでしょう。娘は亡父との思い出を、あわい物心のなかに封印したかのように、口にすることはありませんでした。

外敵から身を守るように家のなかでは三人、こころを合わせてじっと辛抱いたしましたが、近所に住む人びとの不満は増すばかりで、お奉行所に訴えるまでになりました。

忠庵は元々バテレンだったのだから、そのうちキリシタンがたずねてくることもあるかもしれない。この界隈がキリシタンの巣窟にでもなり、自分たちにあらぬ疑いをかけられては迷惑千万な話。そうならぬうちに親子三人、この村から今すぐにでも出て行ってもらいたい――そんな訴えだったそうでございます。

お奉行所はかれらの声を無下にもできず、忠庵どのに一軒家をあてがわれました。港近くの五島町にある人目につかない小さな家です。わたくしも娘と一緒に移り住みました。

異人さんがめずらしくない街中で、人びとがわたくしたちの曰く因縁に気づかず、無関心でいてくれることを、こころから願いました。

ですから見知らぬ御仁が忠庵どのを訪ねてきた時は、胸がざわつきました。剃髪姿から庄屋の人ではないと思ったものの、どんな因縁をつけられるのかと身構えましたが、高麗町で開業されている「栗崎道喜」と名乗られた金創医の方でした。

還俗した南蛮人バテレンの噂を聞きつけて訪ねてこられた由。道喜さまもまた、数奇な半生を送られた方で、少年期に南蛮人に連れられてルソンにわたり、二十年以上南蛮外科を学ばれたそうです。南蛮の風が感じられる佇まいの道喜さまは、昔キリシタンだったのかもしれません。

道喜さまと忠庵どのとは、その後よき同志、好敵手となられました。還俗した忠庵どのは数年前には想像すらしなかった出会いによって、このようなまったくあたらしい生活がはじまったのでございます。

はじめて親子三人で早朝の港を散歩した日のことは、つい昨日の出来事のように瞼によみがえります。

「あの船はどこから来たの?」

壽が桟橋に停泊している数隻の船を指さしました。幾重にも風をはらんだ白い帆が、異国の雄姿にも見えたのでしょう。停泊していたのはカレウタ(ポルトガルの帆船ガレオッタ)船でした。それをじっと見つめる忠庵どのは朝日に照らされて、目に光るものがありました。胸に去来する万感の思いはどんなものだったか?

近くいても、それをなぞることはできません。わたくしは目をそらし、自分にあったかもしれない、もうひとつの身の振り方を思い浮べました。

死刑囚の連れ合いは、時には奴婢におとされると、仄聞したことがあります。運がわるければこの身は婢となって船に乗せられ、外つ国に売られて行ったのかもしれないのです。

今の境遇は有難いものだと、あらぬ思いにふけっておりますと、ため息まじりのつぶやきが耳に入りました。

「……リスボアに似ている」

入江ふかい長崎港の対岸には、ひな壇のように家々が立ちならび、潮の香りが漂います。リスボアという港町も長崎とおなじように坂道の多いところだそうですね。

来日してこのかた宣教活動に明け暮れ、逃避行のような日々をおくっていた忠庵どのは、感概ぶかく長崎港をながめることも、望郷の念にかられることもなかったのでしょう。

この海のつづきにある故国に翼があれば飛んでいきたい、などの夢想すら、みずから律していたのかもしれません。ささやかであっても、ようやく故国ポルトガルをしのぶ〈よすが〉が身近にあったことを、わたくしはわがことのようにうれしく思ったものでございます。

今でも時折考えるのです。

世界の西の果てに生まれたあの方が、宣教活動に熱い思いをいだいて、数千万里の波濤を乗りこえ東の果てまでやってきたのは、いかなる天意があったのでしょうか？

ポルトガルと日本の間には数多の国々が、キリシタン国もあるのに、選りによって異教徒の女とひとつ屋根の下で暮らすことになるとは……。

わたくしたちにはどんな宿世があったのでしょうか？

ずっとあとのことになりますが、一度だけあの方に言われたことがありました。

「オブリガード、加恵さん。貴女がいてくれて、私は二度目の人生を生きることができました」

思いがけないことばが、甘露のように耳に沁みわたりました。熱い思いが込み上げてきて涙をこぼすまいと、まばたきせずにうなずくのがやっとでした。

忠庵どのの後半生はこの国の発展に貢献したものでした。生き甲斐になっていても、それは棄教と引きかえで得た代償でありましょう。

キリシタンの人びとがあがめるデウスさまに、うかがってみたいのです。
デウスさまはあの方をあわれみ、おゆるしくださっているのでしょうか？
天のかなたで忠庵どのは、頷いておられるのでしょうか？

第三章　ドン・ゴンサロ・ダ・シルヴェイラの告白

一

万霊節と収穫祭がおわり、例年のとおり待降節の準備がマカウ全土ではじまろうとしていた。小高い丘にそびえる聖パウロ寺院は、ちっぽけな島には不釣り合いな高楼だが、これこそ極東におけるイエズス会の牙城なのである。

寺院のファサード（前壁）には上から下まで聖母や天使、キリスト教界の聖人たちをかたどった彫刻がほどこされているが、その一画に菊の紋章がある。四半世紀前に日本から追放されたキリシタンたちのなかに、西洋美術を教えた宣教師ジョヴァンニ・ニコラスの門弟たちがいて、かれらが制作したらしい。望郷の念が伝わるようだ。

久しぶりに寺院のすぐ近くにあるモンテの砦に登った。この砦には海上からの攻撃にそなえて三方に大砲がしつらえてある。十六年前、この大砲で撃退したオランダ艦隊は、相変わらずマカウ占領をねらっている油断ならぬ輩だ。かれらの海上での狼藉、すなわち海賊行為は目に余るものがあり、プロテスタントとはいえ、おなじキリスト教徒とはみとめたくないほどだ。

オランダの話は後々するとして……。

砦の眼下にひろがる海は見飽きることがない。航海をくりかえす交易商の余にとって、海こそが故郷のようなもの。目まぐるしく変化する陸地の故郷より、太古からかわることのない大海原に、すべてを呑みこむ慈母のふところのような懐かしさをおぼえる。

「交易商人は右から左へ物を動かすだけではないか」とあなどる奴がいたが、「必要な物資を運ぶ交易の仕事は人助けなんだ」と、言い返してやったものだ。もっとも「交易ほど儲かる商売はないだろう」と言われたら、否定はしない。一回の交易で数年分の収益が見込まれるのだから、万里の波濤を越えて海賊襲来にもひるまず海に繰りだすのである。

海をながめながら、良いことも悪いことも母親に報告するように、この数年の間、自分にふりかかった出来事を思い返した。ガレオッタ船の副司令官だった余が、長崎に四年もの長い間、留め置かれたのは、ポルトガルがイスパニアに併合され、同一の国とみなされていたことによるものだった。

イスパニア人がシャムで日本人の朱印状を奪った違法行為に天下（日本の政庁）は憤り、報復とばかりにマカウから来たポルトガル船を抑留した。とばっちりもいいところだ。ゴアの特命大使だった余がこの解決を命じられて来日したのは、一六三〇年のことである。

すぐに解決するものと高をくくり、物見遊山気分で七十名余りの兵士や騎士、楽士たちを引き連れ騒ぎたてながら長崎の町を練り歩いたものだ。課せられた立場もわきまえない、派手ないでたちの振舞いに、役人たちは苦々しく思っていたことだろう。

若気の過ちは母国ポルトガルの、ひいては「日の沈むことのない」と言われたイスパニアの威光を笠に着たもので、思い出せば赤面の至りだ。

思いの外長逗留になった期間中、ポルトガルはあらたな局面をむかえた。

来日三年目に天下が発動した「異国渡海禁止令」は、日本人の渡海を禁じ、五年以上異国に在住していた者の帰国も禁じるという、最初の法令となった。これを契機に外交が途絶えれば、遠からず交易もあやうくなる。高じればわれら商人の死活問題だ。

マカウと長崎間の交易は、日本の豪商たちが金、銀、銅から成るレスポンデンシア（投銀＝信用貸制度）をマカウのポルトガル商人に託し、かれらがそれで買い付けた中国の生糸や絹織物、薬種を日本に運ぶことで成り立っていた。この仲買交易でポルトガルもイエズス会も潤っていたのだから、渡海禁止令は地殻変動がおこったようなものだ。

天下の目的はつまるところキリシタン締め出しで、ガレオッタ船来航を禁じるのも、宣教師の派遣を阻止したいがためだ。迫害が日増しにきびしくなってきているのは、殉教者の数が激増していることからもあきらかだった。

そんななか長期間にわたってこじれた事件を、ようやく弁明する機会があたえられ、余は天下殿(将軍)に謁見するため江戸行きをゆるされた。そこでめでたく一件落着となり、老中たち(そのなかに天下殿がいたらしい)からは余が解決にむけて粘り強かったと、おほめにあずかった。さんざん待たされた末のことだったので、すこしは溜飲が下がったというものだ。

気をよくして長崎に帰ったが、そこで待っていたのは、一段ときびしくなったキリシタン禁制で、こともあろうに日本管区長代理のクリストヴァン・フェレイラ師受難の知らせだった。それは日本イエズス会の頂上が瓦解するにひとしかった。

伝えてきた者の話によると、捕縛されたのは、

イエズス会ではフェレイラ師の他にジュリアン・中浦師、イタリア人のジョヴァンニ・マティウス・アダミ師、ポルトガル人のアントニオ・デ・ソーザ師、アウグスティノ会ではイスパニア人のルカス・デ・スピリト・サントといった大物揃い。それに日本人のペドロやマテウス、フランシスコらは、投獄中にイエズス会やドミニコ会の修道士になったそうだ。

長崎に護送された八人は棄教をこばみ、全員があらたに考案された拷問・穴吊るしの末に命をおとした、という。

長崎港でマカウ商人たちが船出を待っていた十月十八日当日、八人は暗い穴に吊るされていたのだ。仕置き場は長崎港からのぞめる丘の上で、かつて二十六人のキリシタンたちが殉教した処。商人たちが受難者のためにデウスの御加護を祈っていると、桟橋に通事がやって来て、のたまいたそうだ。

「お奉行がフェレイラを穴から引き出して、潜伏しているバテレンの居所を白状させようとしたが、口を割らないのでまた穴のなかに戻されたよ。彼奴が吐いたのは、近々マカウから救援物資がとどくはず、ということだけ。お前たちが運んだのではあるまいな」

商人たちは目をむいて首を横に振ったというが、通事の話でもあったので、フェレイラ師はその後殉教したもの、とうたがわずに長崎を出航したという。マカウでの大騒ぎが目に見えるようだ。パードレと商人はおなじポルトガル人でありながら、おなじ日本の土を踏みながら、生死を分けたのだった。

日本イエズス会の最高責任者だったフェレイラ師は、余が来日した当初、畿内の巡回宣教に従事していた。管区長コーロス師に気に入られ、二度目の秘書となってからは長崎に戻っていたが、多忙をきわめるかれと会うことはかなわなかった。師は同胞人の誇りだった。若い頃を知っている人は、時折見せる笑顔が天使のようだったと言っていた。

語学の才能にめぐまれたことは、異郷ではたらく宣教師にとってなによりの天与。むずかしい日本語をよく理解して、来日十年目には平戸と周辺の島々のキリシタン、それも千三百人という数の告解に応じていた、とバルメイロ師が目を細めていたことを覚えている。

禁教令発令後の危険と隣りあわせの宣教活動は、フェレイラ師自身、「もしデウスが特別な恩恵で保護してくださらなかったら、われわれはとっくに捕えられていただろう」と、したためているような状況だったから、デウスへのふかい信頼なしに生きのびることは、不可能だったはずだ。

殉教の丘では役人たちが、殉教者の遺物を求めるキリシタンたちの出没を見張っていて、近寄ることすらできなかった。

二

余がマカウに帰ったのは、それから間もなくのことである。町並みはそのままでも、聖パウロ寺院のなかに日本人の神学生の姿を見かけることはもうなかった。

コレジオ内に住む巡察師アンドレ・バルメイロ師を訪ねた。

久しぶりに会うパードレは一段と老けこみ、眉間に頬にふかい皺が刻まれていたのは歳のせいだけではないだろう。殉教したアントニオ石田の最期を記したフェレイラ師の報告書を、最近になって受け取ったばかりだと言い、その送り手自身の殉教に、こころを痛めている様子がありありとうかがえた。

すでに数えきれないマルチル（殉教者）の遺骨が日本から運ばれていて、バルメイロ師はかれらのためのミサを捧げた。余もいつになく神妙にそれに与かった。かれらを半ばたたえ、半ばあわれみながら……。

バルメイロ師はあらたな八人の殉教報告書を、近々ローマのイエズス会本部に送るという。仲間を失うことは悲しくつらいことだが、一方では、殉教報告に誇らしさもあったであろう。

かれらにとって殉教は、ローマ帝国時代の昔語りではなく憧憬の対象となっているらしく、宣教開始の時から殉教のための教育がほどこされていた、とか。キリストの証し人という名誉であり、この世における究極のデウスへの捧げものとする殉教は覚悟の上どころか、宣教の理想の終着点だったのかもしれず、それをめざす宣教師さえいる、と聞いた。

殉教をおそれているなら、はるばる劣悪な船旅で海難を乗りこえ未知の国にやってくることも、宣教師やキリシタンが追放された時、あえて危険な日本にとどまるはずもない。

おなじキリスト教徒といっても、儲け第一のわれわれ交易商人とは、信心だけでなくデウスの恩寵も違うのだろうが、かれらに倣うことなど考えもおよばない。殉教してゆく宣教師をうやまうばかりだ。もっとも日本の宣教活動に尽力したパードレ・アルメイダとフェルナンデス修道士の前身がともに商人であったことを、同業者の名誉のために申し添えておこう。

毎年多くの殉教報告書を、ローマとマカウに送りつづけたフェレイラ師は、つねに殉教を自分の身の上に置きかえて考えていたことだろう。だからこそ、かれ自身の殉教も至極当然と、だれもが思っていた。

ところが程なく、穴吊るしにあったフェレイラ師は棄教したらしい、という話が伝わってきた。耳を疑うものだったが、おどろきも覚めやらぬうちに、かれは二度目の穴吊るしから引きだされて、その後殉教した、という報告がとどいた。

殉教、棄教、そしてまた殉教――東南アジア経由でよせられた雑多な情報に、われわれは振りまわされたが、やがてフェレイラ師は棄教したという情報が、大勢を占めるようになったのである。本当にフェレイラ師は棄教したのだろうか？　それが事実ならば、デウスに愛される者はサタンにも愛される、ということなのだろうか？

バルメイロ師の憔悴ぶりは、傍で見るのもしのびないものだった。

まもなくパードレはフェレイラ師の回心を祈って、度をこえた断食と苦行を自分に課すようになる。祈りに付随する〝いけにえ〟の奉献だという。制止する周囲の声も届かぬ老身を痛めつける行為は、鋭利な刃物で命をけずるようなものだ。

デウスはあわれに思し召したのか、一六三五年四月十四日、バルメイロ師は天に召されていった。


この年から従来のカピタン・モール（司令官）の制度がかわり、あらためてマカウ市からやとわれることになった余は、二か月後の六月二十五日、大量の生糸を積んだ三隻の船を率いて出航し、八月九日長崎に入港した。交易の仕事に加えて、その時ある密命を請け負っていた。

船出する数日前、あたらしい巡察師になったパードレ・マヌエル・ディアスに呼びだされた。

ディアス師はかつてマカウでフェレイラ師に神学を教えていたという。

「シルヴェイラ君、君も知ってのとおりフェレイラ神父に関する情報が錯綜しています。殉教したというものから棄教して幕府の御用医師になったというものまで」

そこで神父は頭を抱えるように手をやり、言いよどんだ。

「数日前に届いた報告書には、かれが日本人女性と結婚して長崎に住んでいる、とありました」

「ええっ！　それは……信じられません」

「私も信じられないのだが、それが事実としたら……、かれは魂を売ったことになる」

ディアス師の表情にはいささかの険が見られたが、その言葉にひとつの疑問が生まれた。

（魂を売る？）余はこころのなかで復唱した。前世紀エウロッパではじまった宗教改革は大きなうねりとなり、ローマ・カトリックと袂を分かつことになったプロテスタントは、聖職者である牧師の結婚をみとめている。

聖職者と俗人の区別はローマ・カトリックのなかではっきりしているが、聖職者が還俗することは魂を売ることになるのか？　サタンに魂を売る、とでもいうのだろうか。

余の迷想に気づかず、パードレ・ディアスはつづけた。

「フェレイラ師に関する情報はどれひとつとして確認できないものばかり。そこで君に今度の長崎行きでぜひ頼みたいのです」

パードレの言わんとすることはわかっていた。フェレイラ師の生存を大方みとめながら殉教報告、という一縷の望みを余に託しているのだ。

真実を探ってほしい、という期待に応えられる自信はなかったが、断ることなどできようか。最善を尽くすと約束した。

「ありがとう。フェレイラ師が生きていれば、じかに会ってその様子を知らせてほしい。それが無理だったら伝手をたよってでも、私の手紙をかれに届けてもらいたいのです」

ディアス師は、亡くなったバルメイロ師より十歳も年長の身。みずから行動できないもどかしさがことばの端々に感じられ、忍びなかった。

引き受けたものの、これは難儀な仕事に違いない。日本から帰国したばかりの人の話によると、天下の締めつけは、われわれ商人が宣教師たちの手紙をあずかっていないかと詮索にまでおよぶというから、秘密裡でこれを成しとげねばならないのである。

それでもディアス師のためだけではなく、同胞人の誇りにかけてフェレイラ師の棄教は虚偽であると正したい、というのが本音だ。この任務を全うする気構えで出発した。

三

長崎港に錨をおろすのは三か月にも満たない期間だった。おそらく生き延びているフェレイラ師と直接面会し真意をたしかめること。信頼できる情報を手に入れること。それが無理ならディアス師の手紙を、人づてでもフェレイラ神父に届けること――。

これら使命のむずかしさは予想以上のものだった。それというのも司令官の立場が出歩く自由をうばい、しかもつねに庄屋の目にさらされていたのだ。つい一年半前まで余がいた長崎ではなかった。

初来日から五年がたち、ポルトガル人の姿を見かけることもなくなった長崎の街は隔世の感である。ポルトガルに対する日本の信頼がうすれてきているのを、否が応でも感じとれるようになっていた。日本とポルトガルは国交断絶になるかもしれない、という物騒な噂も耳にした。

　しかしわれわれが交易するのは、もっぱら日本商人の投銀による債務をへらすためであり、債権者の日本が断絶を言い出すことはなかろうとその時はあなどっていた。それよりも密命のことが気になる。

　離日が近づいてきたある日、事情を知った堺の商人錺屋(かざりや)藤左衛門殿が、面識ある後藤了順氏に渡りをつけようと言ってくれた。藤左衛門殿はキリシタンではないが、危険な試みを引き受けてくれたのである。そんな友誼に厚い日本人と険悪になりつつある、と言われても、本当に断絶するとは思えなかった。

　紹介された後藤氏の口は重いものだったが、フェレイラ師のことをよく知っていた。なぜならかれ自身もころびバテレンだったから。後藤氏によると、フェレイラ師が棄教したことはまぎれもない事実で、かれは死刑囚の未亡人との結婚を強いられ、五島町で所帯をかまえており、自分とおなじように庄屋のために通事や翻訳の仕事をしている、という絶望的なものだった。

　唯一救われたのがフェレイラ師は、宣教師やキリシタンたちを告発する目明しなどではないことだった。もっともこの頃には殉教や死没で宣教師の数は少なかったし、かれらの生死やあらたに密入国した者の情報が、フェレイラ師に届くまでもなかった。

フェレイラ師に会えないのならせめてのこと、ディアス師の手紙を後藤氏にことづけようとしたが、断わられてしまった。その時かれが見せた複雑な表情から、かれのこころの傷口をひろげる頼みごとだったと、気づいた。ころんだ者の辛さを思いやる度量が、自分にそなわっていなかったのだ。

フェレイラ師の名誉挽回には程とおく、手紙を持ちかえるという最悪の事態になったことで、暗澹とした思いで帰国の途についた。ディアス師の落胆ぶりは言うまでもない。

翌一六三六年、前年より少し早い時期に余はふたたび長崎に向けて出航した。

この時もディアス師から手紙を託された。フェレイラ師に回心をうながす前回と同様の内容で、ディアス師の並々ならぬ思いは伝わってきたが、これが最後の呼びかけになることは必至だった。

手紙を受け取る時、余は意を決してディアス師に問うた。

「今度こそフェレイラ師に届くことを願っています。が、危険な日本に宣教師を送り込んだり、潜伏している宣教師を引き揚げさせる、という考えはパードレにはないのですか」

これはマカウ統治者の総意だった。宣教師のことで日本との交易に支障が出ることは避けたい。ディアス師は間を置いて答えた。

「ローマからの指令がない限り、私の一存では決められません」
「なん年もかかる指令を待つのですか。遠くはなれて実情を知らないローマからの……」
けわしい顔つきになったディアス師は、
「これは宣教師の義務なのです」
と言ってはばからない。余はこれ以上何も言えなかった。

船が長崎湾に近づくと奉行所の小船がやってきて、沖に碇泊するように、そして大船から艀船に乗り換えるようにと、通事から指示された。かれらが指さす方に目を遣れば、沿岸に突き出ている小さな島があった。はじめて見る島は、目を凝らすと陸地に沿って扇を描くような形で、周囲を細かい矢来がぐるりとかこんでいる。

どうやらそこがわれわれの碇泊地になるらしい、とわかってきた頃、艀船は海からの出入り口となる水門（荷役場）に着岸した。

一昨年には長崎湾の浅瀬に大きな石が次々と運びこまれるところを、また昨年にはおなじ場所で埋め立て工事を見かけていたが、それが中州となって外国人を幽閉する居場所になるとは、思いもかけないことだった。

島は「築島」（のちの出島）と呼ばれ、水門とは別に表門から町につづく橋があった。門の前には番人が常駐し、船員たちが勝手に町へ繰りだすことはできない。前年までの境遇とは雲泥の開きがある。

おどろくのはこれだけではなかった。長崎の町の各地に定住していた同胞人たちが皆、この島に集められ、木造の長屋に住まわされていたのだ。まるで「格子なき牢獄」の態だ。しかもべらぼうに高い家賃を取り立てられていたとは……。

ポルトガル人への不信感がこんな形になって高まり、この不穏な空気には一層の困難がが予想された。それは人質という現実となって、わが身にふりかかってきた。

余のエゴイズムだとみとめるが、ひとりのころび者のために身の危険をおかす意義を見失った。フェレイラ師の回心をねがって身を削ったバルメイロ師の高邁な精神は、崇めこそすれ、俗人のわが身に置き換えるものではない。有り体に言えば、ディアス師の手紙どころではないのだ。ころんだ者の立ち返りが、かつての師の手紙によってなされるとは思えなくなっていた。それでも手紙を棄てる訳にもいかず、途方に暮れていたところを同船のマヌエル・メンデス・デ・モーラ氏が手紙を預ると申し出てくれた。

ありがたい、渡りに船と、ほっとしたのも束の間、余はひとり江戸に呼びだされた。

一体なんのために？

「マカオからの船に宣教師が乗りこんでいないか？」

「商人に変装した宣教師はいないか？」

「日本人奴隷を連れだそうとしていないか?」

「さらなる投銀を預かっていないか?」

「宣教師の手紙を預かっていないか?」

執拗に尋問してきたのは幕府の大目付水野守信殿である。長崎奉行時代のかれのキリシタン取り締まりは熾烈で、悪名高い踏絵を考案したとも言われている御仁だ。

今にしてわかるのは、この頃公儀は海外との接触を断つ海禁(鎖国)政策に移行する段階にあったのだ。宣教師の手紙を所持するなど以ての外、危うくのところでモーラ氏に救われた。

未開の国に宣教師を送りこみ、キリスト教を布教する。現地の人びとを手なづけたところで軍隊を派遣して領土をうばう——大航海時代のイベリア両国の国策が、この日本でも繰りひろげられるのではないか? そんな天下殿の疑心暗鬼が、われわれ商人の出入りに過剰な警戒心をもたらしたのだろう。

幕府に取り入ったオランダの讒言(ざんげん)が、そこにあったのはあきらかだ。

オランダにとって、ポルトガルとイスパニアは不倶戴天の敵なのだ。フェレイラ師が生まれた一五八〇年からイスパニア国王フェリペ二世がポルトガル王を兼ねているので、われわれはこころならずもハプスブルグ王朝に与している。そのためオランダ人には、ポルトガルもイスパニアもおなじように映っているかもしれない。余が四年間日本に留め置かれたことも、その弊害の一端である。

十六世紀前半からイスパニアの植民地だったオランダは、ポルトガルがイスパニアの属国になったのと入れ替わるようにその翌年、独立した。おなじキリスト教徒でもプロテスタントのオランダは、カトリックのイスパニアの圧政下で属領の悲哀をさんざん味わってきた。同情の余地はあるものの、独立の四年後にオランダはポルトガルと断交している。

そんな因縁あるオランダからどんな讒言がお上に伝えられたか、見当はつくというもの。ここ数年来、日本とポルトガルのあいだに垂れこめる暗雲に、余が鈍感だったわけではない。この頃には初来日の時のような軽薄さはなく、用心には用心ををかさねて言動には慎重だったので、大目付からの質問に対して返答に詰まるようなことはなかった。

けれど金、銀、銅を産出する日本がその持てる財宝に頓着ないことに付けこみ、ポルトガルが大量にそれらを持ち出していたのは事実である。尋問を受けたのが数年前だったら、余の答弁もしどろもどろになっていたであろう。

ともあれ身の潔白は承認されたが、翌年のポルトガル船が来航するまで築島で幽閉されることになってしまった。軟禁状態は経験ずみといっても、今回は話し相手もごくわずかの囚われ人となんら変わらない。聞くところによると江戸で天下殿に会った（会ったつもりはないが、天下殿は変装して役人のなかに紛れていたらしい）ポルトガル人は、長崎に帰った後、きびしい監禁状態に置かれる、という。まったく尾羽打ち枯らす有り様だ。

そんなせまい島のなかで、貴族出のイタリア人パードレがフェレイラ師の立ち返りを説得するため密入国したという風聞がながれた。薩摩に上陸後すぐに捕縛され、フェレイラ師に会うこともできなかった若いパードレは、壮絶な拷問に屈せず命長らえていたが、ついには斬首されたそうだ。

「なんと罪作りなフェレイラ師よ」とつぶやいたものだ。

その顛末をフェレイラ師は知らされていたのだろうか。

師が住んでいるといわれる五島町は築島からはほんの目と鼻の先の距離だが、今や天と地ほどの隔たりとなってしまい、かれの様子を知る術もない。

築島に収容されていたポルトガル商人とその家族や使用人たち、混血児たちを合わせた二八七人は、余の船と一緒に入港した三隻の船でマカウに追いやられていった。

当地には日本人キリシタンたちのコミュニティーがある。土地にとらわれなければ、いずこも住めば都だ。民族や宗教の違いを超え共存する社会で平和裏に暮らせれば、そこがパライソなのだ。

四

日本のポルトガルへの敵愾心が日ごとに増し最高潮に達したのは、その一年後の師走のことだった。旱魃に苦しめられ、領主の容赦ない年貢の取り立てに追い詰められた領民たちが、島原半島の廃城に立てこもり武装蜂起した島原・天草一揆の勃発である。

戦闘のさなか一揆側にポルトガルの援助あり、と取り沙汰された。実際に数人の同胞人が呼びだされ尋問されたが、国力が傾いてきたポルトガルには援助できるような余力はなかった。これも一揆側には油断させるため、体制側にはポルトガルを敵とみなすために、天下殿とオランダが仕組んだ風評だったのではないかと、今も思われてならない。

しかも加勢をもとめられたオランダは、一揆軍に海上から大砲を打ちこんで天下に忠節を示したのだ。それは海禁体制が確立しつつあるなかで、オランダが唯一日本と交易する権利を得るための試金石だったのだろう。

三万人近くいた一揆側の領民は、内通者をのぞいた老若男女全員が殺されたそうだ。

かれらの多くがキリシタンだったので邪宗門徒の一揆と喧伝され、一段とキリシタン禁制に拍車がかかったことは不幸だった。

一揆が終息した一六三八年、マカウからガレオッタ船が来航し、ようやく余は帰国の途についた。ポルトガル人に対する苛酷な借金取りたてや嫌がらせ、致命的な商売の大損などは筆舌に尽くしがたく、日本行きは金輪際御免である。

出発前に代官の末次殿には、くれぐれもわれわれの船が出帆してから二十日間はオランダ船の出帆をみとめないでほしいと、申し入れた。さもないと海上での戦闘が予想されたからである。末次殿はマカウには十日以内に着くことができるとうそぶいていたが、暴風雨に遭遇すれば数日のおくれがでて、それが命取りになってしまうかもしれないのだ。

余の抗議に渋った末次殿は、あいだをとってオランダ船の出帆を十五日後と取り決めた。かれは信用のおけない人物だ。ポルトガルとオランダ――どちらかの敵になることを避け、交易戦争の勝者に与する腹づもり、と見える。

一六三九年には、とうとうガレオッタ船の来航が禁じられた。

オランダがポルトガルに代わって交易相手となる確約を、天下と取りかわしたのだ。

マカウは当然のこと、大打撃を受けた。日本交易の実績だけで言えば、この場におよんでもオランダをはるかに凌ぐもので、ポルトガルが担った銀の持ち出しはかれらの四倍もあったのだから、来航の禁止は半信半疑だった。

その時期、たまたま台風避難のため長崎港に着岸したガレオッタ船が、

「ふたたび来航したならば船を焼き払い全員を打ち首にする」

と、長崎奉行から脅されたことは聞いていた。

それでも翌年の夏、交易の再開を求めてわれわれは使節を派遣したのである。未納だった日本への支払金も用意して、平和な解決をのぞんでのことだったが、無残にも六十一人の乗組員たちは斬り殺されてしまった。マカウに帰ってきたのは医師と水夫の十三人だけで、報告のために送り返されたと知った時は、日本人のおそろしさに肝をつぶした。

ポルトガルをこれほどまでに憎み、冷酷な仕打ちをする天下殿の強い意志は、どこから来るのか？　思いつくのは宣教師を乗せて来航する交易船をきびしく取り締まらなかったことか。潜伏する宣教師たちに救援物資を提供したことか。

それらが逆鱗にふれる程の原因になった、とは……。

キリスト教の教えを知ろうとせず、いや、教えがどうであれ、宣教師は領土拡大を国策とするイベリア両国の手先であるというオランダの讒言を、知性ある日本の為政者が鵜呑みにしたということだろうか。

そうであれば、われわれはなんとまあ、日本人を買いかぶっていたことよ。

それまで天下殿には、イベリア両国による日本占領というおそれはなかった筈だ。百歩ゆずって、野心家の宣教師が本国に軍事派遣を提言したとしても、実現できる見込みは限りなく零に近いもので、侵略の端緒を立証するものなど、ひとつもありはしないのだ。

なによりも財力と軍事力が、すでにイベリア両国には残ってはいなかったのだから。

天下殿にとって政事権力を自分の下に集中させるために、キリシタン排除は都合のいい口実だったのだろう。デウスの下に人は皆、平等を信条とするキリシタン。かれらの底知れぬ団結力、死をも恐れぬつよい信仰心と行動力が、それ程までに天下殿を恐れさせたというのか。

恐怖が攻撃となって外敵を威嚇する天下殿は、まるで屹立する虎のようだ。

その虎の尾を踏まぬよう取り入ったオランダは、東洋交易に後れをとった者ならではの狡猾な遣り方で、先駆者のポルトガルを駆逐したのだ。

極東に位置し、われわれ西洋人には理解しがたい日本という国の恐ろしさを、オランダは遠からず思い知ることになるだろう。

エウロッパのなかでいち早く日本と接触したポルトガルだったが、日本での黄金の日々はうたかたの夢となって消えてしまった。日本人の記憶から消えてゆく日は近い。

シャヴィエル師やかれを派遣したイグナチヨ・ロヨラ師は、めざした東洋布教がおなじエウロッパ人によって終焉を強いられるとは、露ほどにも想像していなかったことだろう。

陽が傾いてきた。

聖パウロ寺院をおおう茜色の空が群青色に変わり、漆黒の闇に暮れるのもまもなくだ。

第四章　マヌエル・メンデス・デ・モーラの証言

一

日本にキリスト教を伝えたフランシスコ・シャヴィエル師は、ナバラ王国のバスク人ですが、師が子どもの頃、王国はイスパニアによって消滅します。心情的にイスパニアからはなれていったのか、長じてポルトガル王の息のかかったイエズス会士となりました。

シャヴィエル師が二年余りで離日してからも、日本の宣教活動は当初イエズス会に限られていましたから、来日した宣教師や交易商人たちの多くはポルトガル人だったのです。

あれから九十年近く時がながれ、肩で風を切っていたポルトガルのカピタン・モールの勢いは昔話となって、ドン・ゴンザロ・シルヴェイラ氏は散策することもままならぬ身となりました。ディアス師から託された使命をシルヴェイラ氏がこなすことなど土台無理な話で、翌年来日した時には築島に軟禁される始末でした。

同船していたわたしは、そんな状況を見かねて――自分でも思いがけない行動でしたが――使命の代行を買って出たのです。勤務以外に街の往来はゆるされていませんでしたが、平商務員はカピタン・モールより自由が利く筈だと楽観していたのかもしれません。

その時が二度目の来日で、日本の事情にくわしいわけではありませんでしたが、任務を負ったのはみずからの意思というより、大いなる意思につき動かされたようにも思えるのです。

三年前、われわれ商人は帰国直前に入手したフェレイラ師殉教の知らせを、悲痛な思いでマカウに持ち帰りました。すでにその頃、キリスト教禁制の日本で宣教すること自体、累卵のような行為で、宣教師の捕縛も殉教も、おどろかないほど日常になっていました。

それでもイエズス会日本管区の重鎮であったフェレイラ師の捕縛は衝撃で、その先の殉教をだれも疑うことなく、かれを悼むのでした。

ところがその後師に関する情報が錯綜し、ついにはイエズス会を、ひいてはエウロッパの全キリスト教界をゆるがす〈ころびバテレン〉という真逆の結末に至ったことは、聖職者でなくても同胞人として面目は丸つぶれです。

おびただしい数の殉教の報告書をしたため、その事情に精通していたフェレイラ師がまさか棄教するとは……。面目をつぶされたなどという不興は論外としても、生まれながらにしてデウスの存在を教え込まれ、信じて疑わない同胞人が、デウスを否定せざるを得ない極限状況に追いこまれたことに、ふかい同情をおぼえました。

引き受けた任務を遂行するに、まずはフェレイラ神父との面会がはたして可能かどうか、が問題です。身柄こそ捕縛から解かれても、ころびバテレンが、入国した同胞人と接触することなどできるのだろうか……? 困難は承知していましたが、なんとしてでも監視の目が届かないところでディアス師の手紙を渡したい、できればフェレイラ師本人に会って、かれ自身の口からその真意をただしたい——。

その一念で敢行におよんだのは、〈お宮日(くんち)〉開催の初日でした。諏訪神社を拠点として二年前にはじまったこの祭りは、奇しくもキリシタン排除の目的で奨励されたものだと聞きました。祭りがつづく三日間、すべての業務は止まります。決行するにはこの機会をおいて外にない、と決心しました。

祭囃子にまざって練り歩く、ドラ打ちやチャルメラの高音を耳にすれば、一瞬故国に帰ってきたような錯覚におちいります。われわれポルトガル人の上背や黒っぽい髪の色、瞳の色など日本人と変わらない外見は好都合でした。知り合いの日本人から借りた着物を身につけ、髪をまとめ笠をかぶれば、怪しまれることはありません。

わたしはその身なりで、フェレイラ師が住んでいるという五島町界隈をめぐりました。

五島町は筑島からも港からも近いところ。苦も無く探せると思いきや、人から聞いた茅葺き屋根の小さな家はどれも皆、おなじような軒をつらねています。

なんの目印もなく、これでは片っ端から戸をたたくか、家のなかの様子を外から見張るか、そんな目明しのようなこともできず、途方に暮れていると、数軒先の家のなかから「いってきます」と元気な子どもの声が聞こえてきました。

瞬間、自分でもなぜかとっさに身をかくし、様子をそっとのぞき見しました。

引き戸が開き、あらわれたのは七、八歳の少女と幼い男児。あとから出てきた姉弟の母親とおぼしき婦人に手を引かれて、お祭りにでも行くのか、仲睦まじく連れだって路地を曲がって消えました。どこにでもいそうな親子連れ。微笑ましいそのうしろ姿を見送るうちに、はた、とひらめくものがあったのです。

フェレイラ師のあたらしい家族！　降ってわいてきたような直感でした。

結婚したという情報のなかに、子どもの話は出ていませんでしたが、いてもおかしくはありません。かれの子どもかどうかはわかりませんが、もし神父の家族ならば、会いにゆくのは今だろう。家族不在の今しかない！　この巡りあわせに、またもや大いなる意思を感じとりました。にわかにフェレイラ神父との対面が現実味おびて、手のひらが汗ばみ……家に近づき戸をたたきます。

「ボン・ディア（こんにちは）」

賭けるような気持ちから母国語をつかいました。

カタッと戸を開けたのは、黒い着物に短髪姿、日本人らしき年嵩の男。言葉は通じなかったかと一瞬訝るも、辺りを警戒する茶色い瞳は、あきらかに同胞人のもの。長年密偵に追われ、世を忍んで生きてきた逃亡者のまなざしです。

パードレ・フェレイラに違いない、と確信しました。マカウでその名を聞かない日はないその人物が、目の前にいる！　高揚した私は意気込んで名乗りました。

数日の前長崎に入港したマカウの交易商人であること、義兄のエチオピア大司教アフォンソ・メンデスの名も出して、問いかけました。

「パードレ・フェレイラですね。私がここに来た理由、おわかりでしょう？」

すると不愛想な声が……。

「フェレイラではない、澤野忠庵だ」

共通の母国語を話していても招かれざる客は、同胞人のよしみを期待してはなりません。これで追い返されるかとも思いましたが、かれのこころのうちには吐露したい思いがあったのでしょう、存外にも入るようにと手招きされました。

家のなかに踏み入れるとすぐ前に土間があり、水がめと竈が目に入ります。上り框（かまち）の前で履物をぬぐようにうながすかれは、すでに日本人でありました。

陽の差さない二間つづきの板敷部屋は、親子四人で暮らすには窮屈そうで質素なものでしたが、そこには思いがけないぬくもりのある生活が見てとれたのです。

こざっぱりと掃除された部屋。その隅にひくい衝立があり、内側には多分夜具が——狭い空間で融通のきく折りたたみ式のベッドです。となりにあるのは脚のみじかい小さな机、そこには開かれたままの本が置かれてありました。

膝を折り曲げて座る面倒な所作も、かれにはもはやなんの造作もないようでした。

物珍しさにわたしの眼球はせわしなく動いていたと見え、フェレイラ師の失笑がもれてきてわれに返りました。かれはすっかりこの空間に馴染んでしまっているのです。

さっき見かけた母子連れのことを聞くまでもありません。わたしはぎごちなく板の間に座りました。

(貴方はどうしてこうなってしまったのですか?)

一番聞きたい問いかけが口から飛び出しそうでしたが、逸るこころをのみこんだのは、フェレイラ師には問わず語りをのぞんでいたからです。

かれは言いました。

「君を私のところに寄こしたのはバルメイロ神父か? それともメンデス大司教か?」

「いいえ、わたしも貴方のことを知りたかったので、自分の意思でやってきました」

「ふふっ、物好きな人だ」

突き放した物言いにも、悪意は感じられませんでした。

「自分でもなぜ一面識もない貴方に会いにきたのか、と思います。バルメイロ神父は昨年亡くなりました。神父は断食や鞭打ちをくりかえしていましたから、それが死を早めたのではないかと、医者は言っていました」

「……」

「苦行は……、貴方の回心を祈ってのこと」

先程までのフェレイラ師の不機嫌な態度が一変しました。

ことばもないままうるんだ目を見て、バルメイロ師の死因は伏せておくべきだったかと思い、追い打ちをかけるかのような自分のことばも後味がわるいものでした。

それでも後継者のディアス師や、マカウにいるパードレたちは皆、フェレイラ師の立ち返りをのぞみ、それがかなうなら日本に来て一緒に殉教する覚悟でいる、と伝えずにはいられませんでした。教会の庭には殉教者をたたえる記念樹が植えられ、そのとなりの空き地は今もフェレイラ師のために残されている、ということも。

かれはもう涙ぐんではいませんでした。気まずい沈黙のあと、独り言のようにつぶやいたのです。

「四十時間の祈りは、まだ行なわれているのだろうか」

「つづいています。コレジヨでは貴方のために、より熱心に行なわれています」

わたしはまた責めてしまいました。

力なく首を左右に振る師の口から「ナゥン」(ちがう)というつぶやきが聞かれました。申し訳なく思っているのか、いい迷惑だと思っているのか、それともあきらめの境地なのか? わたしにはかれが言った「ちがう」という意味も、表情を読むこともできませんでした。そうこうするうちに、家人の帰宅と自分が船から抜けだした後のことが気になりはじめました。長居はのぞめません。

あの小さな男の子はフェレイラ師の子どもなのか? 近くで顔を確かめたい気もしましたが、男女の機微にふれるような問いはさすがにはばかれます。興味本位の下世話にとられるのは避けたいが、それがないとも言い切れず、われながら笑止なことでありました。

また近々訪ねる約束をとりつけ、ディアス師の手紙をわたしてその日は退散しました。先ずは第一目的を果たせたことをデウスに感謝しました。

二

二日後ふたたび訪ねたわたしは、思いがけないフェレイラ師からの問いかけで、苦慮することになりました。

「キリスト教を全世界にひろめることが人びとを救う唯一の道だと、君は信じているのか？」

「当然でしょう。全知全能のデウスを知らない未開の人たちに、その存在を教えることは、われら文明国エウロッパ人の義務であります。かれらがキリストの教えを学び、それを守ることで魂は救われ、パライソへの道がひらかれるのですから」

「では聞くが、それまでキリスト教を知らなかった未開の人たちは、善良な者であっても救われなかったのだろうか？　エウロッパ人が来るまで、かれらはソドムとゴモラ（旧約聖書にある道徳的退廃によって神の罰を受け滅ぼされた町）の住人のようだったのか？」

「それは……わかりませんが、少なくとも日本はそうではないでしょう」

「日本は未開の国ではない。日本人はながい戦国時代を経験しているが、元々秩序だった道理のわかる民だ。馬鹿げた迷信や風評で濡れ衣をきせるようなこともしない。唯一絶対の創造主を拝むのではなく、八百万の神――森羅万象に神が宿っていると信じている。そんな日本人にきびしい掟はなじまない。寛容な掟のなかでかれらは生きているのだ」

（寛容な掟？　掟というものが寛容であって成り立つのだろうか？）

わたしの疑念を察したようにかれは言いました。

「体罰や刑罰が伴わなければ掟にならない、と考えるのはエウロッパ人だ。君には意外かもしれないが、日本のゆるやかな掟は、キリシタンに対してでもそうなのだ」

「ええっ？　日本には酷い拷問がいくつもあるじゃないですか。火責めや水責め、それに穴吊るし、も」

「さよう。それでもこの国では棄教すれば命をとられることはない。もともと宗教に寛容な国だから、宣教方法に問題があったと気づくべきだった」

フェレイラ師は古巣のイエズス会を自虐的に見ているのです。それはすでにかれが日本側についた、ということではないかと悲観的になりました。

「エウロッパでは改宗すると言っても、殺された異教徒はいくらでもいる。君も知っているだろう」

「ええ、それは……」

「寛容な日本人がデウスの存在を知らなかったというだけで、インフェルノ（地獄）に落とされると、君は本気で思っているのか？」

わたしは返答に困りました。

「受洗したばかりのキリシタンから、デウスを知らなかった自分の親や祖先たちは救われないのか、と悲しそうな顔で問われた時、私はことばに詰まってしまった」

「宣教師の立場でしたら、救われない、と答えるべきだったでしょう」

「そうかもしれないが、私はなにも答えられなかった」

「なぜ、できなかったのですか？」

「日本人に根づいている祖先崇拝を、われわれ宣教師は理解していなかった。それは祖先の信仰もみとめないことに等しい」

「祖先崇拝？」

「そうだ。父母をうやまうように、会ったこともない何代も前の祖先をかれらはうやまうのだ」

王族でも名家でもない庶民が大昔の祖先をうやまう姿を、わたしは想像できません。

しかしフェレイラ師が言いよどんだ祖先の信仰をみとめない、とするエウロッパの風潮には身に覚えがありました。

「国をはなれて外国を見てきた君だからこそ、気づくべきなのだ。エウロッパ人が考える善が、全世界に通じると思うのは不遜である、とな。それは思い上がりというものだ」

「宣教が思い上がりとは、解せません」

飛躍した論法は、自分が宣教師でもないのに非難されているようにも聞こえ、思わず気色ばんでしまったのです。

かれは眉間に皺寄せ、しばし目を閉じました。きっとわからぬ奴！　と思っているのでしょう。やおら目を開けると吐きだすように言いました。

「若い頃シャヴィエル師の書簡に感化されて、キリスト教徒のいないアジアへ、そこでの宣教こそわが使命であると、信じて疑わなかった。祖先の苦労も考えおよばず、イエズス会の理念を盲信し、遮二無二に突きすすんでいた頃は幸せだった。キリスト教徒の思い上がりなどと、微塵にも考えたことはなかった。だが、今は……」

「今は？」

「キリスト教だけが救いの教えではない、と思っている。デウスの教えを伝える理想に燃えたイエズス会は、他の修道会とあらそい、民族間の対立も日本人への偏見も、もはやかくせない濁世になってしまった」

わたしは二の句が継げませんでした。かれの言っていることをどう理解したらよいのか、わからなくなりました。

（これはデウスを冒涜することにならないか。修道会に対しても、そんなことばが放たれるとは……。前回涙を浮かべて見せたのはなんだったのか。懺悔の一端ではなかったのか）

みずからの人間的弱さを恥じ入り、うしろめたさに打ちひしがれた忠庵殿を、私は想像していました。というより、そうであってほしかったのです。

しかし、そうだったのか、と思い直しました。信仰とはデウスへの信頼。信頼できなくなり信仰を失ってしまったから、フェレイラ師は棄教した……。そうだ！　かれはころばされたのではなく、自分の自由意思でころんだのだ、と気づきました。

そうでなければ為政者がよろこびそうな、しかも耳をそばだてる役人がいないところで、こんな問いを同胞人に投げかける筈がありません。フェレイラ師は真のころび者になったのです。ころんで妻を娶り、子どもまでもうけた！

穴吊るし停止の合図を送るパードレの姿が、彷彿として脳裏にうかびました。あの酷い刑にあるさなか、かれの信念がかわってしまったのでしょうか。

人の理性を奪うほどの酷い刑ならば、肉体は弱いものだから、ころびもありえましょう。しかし、かれは理性を取り戻してからも立ち返ってはいないのです。立ち返るチャンスがあったとしても、見す見すそれをとり逃しているのです。これまでの清廉な半生を汚してまでも、かれは死にたくなかった、殉ずることを拒んだのです。

ひょっとしたら刑に処される前、すでに転向してしまったのかもしれません。仮にそうであったなら、はじめから酷い拷問を受けることもあるまい……。

わたしは混乱しました。築島にもどってからも、自問はつづきました。

(デウスの存在を知らない善良な者がたどる来世とは、どんな世界だろうか？　ナゥンとはなにが違うと言うのだろう。祖先の苦労とは一体どんなことを指すのか)

目がくらむようでした。手渡したディアス師の手紙をかれが読んだとしても、その胸にひびくことはなかったでしょう。フェレイラ師が言っていることに一理ありそうな気もしますが、それで棄教をみとめることなど、どうしてできましょうか？

おお、デウスよ。これをどう考えたらよいのか――。

自分が答えあぐねるのは一介の商人にすぎないからだと自己弁護するも、聖職者なら、義兄なら、なんと答えるでしょうか。

故郷の人びとの屈託のない顔が久しぶりに眼にうかんできました。

明後日はいよいよ帰国という晩になって、わたしはなかなか寝つかれませんでした。すでにお宮日祭りはおわり、日が短くなっています。この先フェレイラ師の話を聞く機会はわたしを含め、同胞人の誰ももつことはできないでしょう。このまま別れてしまっていいのか。もう少しかれの言い分に、耳を傾けるべきではないだろうか――。そんな思いがふくらみ腹が据わって、ようやく眠りにつきました。

三

翌日、帰国の準備に追われてようやく築島を抜けだしたのは午後もまわり、空が赤く染まる頃でした。五島町に向かう道すがら、これまで一度も役人に見とがめられなかったことに気づき、この面会もあるべきものなのだと意を強くしました。

明日の旅立ちはフェレイラ師と今生のわかれでもあります。

三度目にして最後の面会に、かれは家人をはばかって家の外に出てきました。わたしが明日マカウに帰ることを告げると、乾いた声で「アデウス（さようなら）」とだけ言って戻ろうとしたので、聞いておきたいことがあると言って引きとめました。

みじかい吐息をついて忠庵殿が歩きはじめたので、あわてて後を追い、港が見える丘陵の草むらに座りこみました。近くでちちろ虫が鳴いていたことを覚えています。

「今さらなにを聞きたいというのかね。ころんだ理由か？」

かれはキリスト教との決別を『顕偽録（けんぎろく）』という本であらわしたそうですが、日本語のわからないわたしには無用の長物。ですから聞きたいのはこれに尽きたのです。

「端的に言えばそうです。たくさんの殉教報告書を送っていたのは貴方ではないですか。だれよりもその実情を知っていた筈だ。かれらに一番寄り添っていた筈なのに、管区長にひとしい立場にあったのに、その貴方がいとも簡単にころんだとは、どうしても腑に落ちないのです」

「いとも簡単に、か？」

会話がとぎれたので目を向けると、忠庵殿は小刻みに震えていました。

あの拷問がよみがえってきたのでしょうか。できるものなら永久に蓋をしてしまいたい忌まわしい記憶。それを払拭するかのようにかれは言いました。

「管区の重鎮なら五時間の拷問はみじかいと言うのだな。おなじ穴に吊るされた中浦神父は、高齢だったのに……」

「エウロッパに来た少年使節だった人ですね」

ふっと忠庵殿は顔をあげ、遠くに目を遣りました。

「そうだ。東洋からきた少年たちの評判は高かったから、はじめてマカオで会った時は感激した。日本で会った時は同志だった。最後は刑場。中浦神父は三日間も耐えていたというのに、私は……」

「時間の問題ではありません。先日のお話からわたしなりに考えました。貴方の棄教は拷問からの解放、それだけをねがったものではない、と考えたのです」

「ほぉ」

すでに辺りはうす暗く、忠庵殿の表情をはっきりとは読めませんでしたが、その一言には軽い納得と一抹の明るさをふくんでいるように思われました。

「忠庵殿はキリスト教、正確に言えばキリストの教えではなく、キリスト教界に失望したのではないかと、思いました」

「そこまで言うのなら正直に話しておこう。君とは二度と会うこともないだろうから。君が宣教師でないことをデウスに感謝するよ」

「デウスに？　貴方はまだデウスを信じているのですか」

「むろんだ。だが言っておくが、キリシタンが思っているデウスではない。宣教師たちが聞いたら目を剥くだろうが、私が信じるデウスは人が生きつづけていくことをゆるすデウスだ。人はなんのために生まれてきたのか？　束の間の人生、生かされている命を天に召されるまで生き抜く、これこそ人としての務めではないか？」

「………」

「マルチルは生き抜くことを中断し、死に邁進する。人命はいつ召されるのか、天のみぞ知ることなのに……。信仰を変えまいとして、生かされている命を投げだすこと——なにか取り違えてはいないか？」

殉教記録を書いていた頃から、殉教に疑問をもっていたのでしょうか？

かれはつづけました。

「伝道者コヘレトが言っている。『生ける者には望みがある。生ける犬は死せる獅子にまさる』となⅠ」

わたしは頭を振りました。

「殉教の血はキリシタンの種子」という教父テルトゥリアヌスのことばを思い出したからです。瞼には長崎の丘でマルチルたちの姿が焼き付いて、こんな会話すること自体、死者に鞭打つようで、かれらが一層いとおしく思われます。

フェレイラ師に気圧されてことばが出ませんでしたが、ナゥン！　と、こころのなかで叫びました。

（違う！　マルチルは命を投げだすのではない。十字架の死をもって人間の罪を贖ったゼススに倣い、証し人として死にのぞむのだ。約束された永遠の命を信じるからこそ、マルチルは生まれる。かれらにとってこの世における死は通過点に過ぎない。生ける犬と死せる獅子を分けたりせず、ましてや、その優劣を問うことなどナンセンスだ）

フェレイラ師が信じているデウスとキリシタンが信じているデウスとは、どう違うのでしょうか。苦労したかれの祖先とは、どんな人びとだったのでしょうか。

聞きたいことはまだあるはずなのに、話の接ぎ穂を失っていました。

「明日は早いのか？」

気まずい沈黙のあとでフェレイラ師が言いました。

「はい、そろそろ戻らねばならぬ時刻です。でももう一つだけ聞かせてください。フェレイラ師の祖先の方はどんな苦労をされたのですか？」

「うむ、コンベルソ（＝マラーノ）と言えばわかるだろう。そう、キリスト教徒に改宗したユダヤ人たちだ。アルメイダ神父がそうだったように、私の祖先はコンベルソだった。迫害され追放されたかれらは、生きていくために自分たちが信じるトーラー（律法）を胸に秘め、表面はキリスト教徒として生きてきたのだ」

五里霧中にあってようやく光が見えてきた気がしました。フェレイラ師もまた、仏教徒として生き、キリスト教徒の矜持を胸に秘めて……。そういうことだったのだろうか？

頭のなかの整理もできぬまま、わたしはたずねました。

「祖先がユダヤ教徒だったと、いつ知ったのですか？」

「十三歳の誕生日に父親から打ち明けられた。十三歳はユダヤの成人の年だ。それまで私はカトリックの教育を受けていたし、家でも豚肉を食べていた。金曜日も普通に働いていたから、曽祖父母がイスパニアから追放されたコンベルソと知った時はおどろいた。家ではモーセ五書（「創世記」「出エジプト記」「レビ記」「民数記」「申命記」）が身近にあることも、そこで気がついた」

「それでも貴方はカトリック司祭の道を選んだのですよね」

「コンベルソが三代つづけばれっきとしたキリスト教徒だ。四代目の私が引け目を感じることはなかったが、祖先がコンベルソと聞いて、一層私はイエズス会に入りたいと思った。コインブラの修道院にはコンベルソが多かったし、イエズス会の二代目総長もコンベルソだった」

「はじめて知りました。でも貴方は、そのイエズス会から離れてしまった……」

フェレイラ師はそれにには応じず、畳みかけるように、人さし指を振りながら言いました。

「君は知っているか。最果ての小国にすぎなかったポルトガルが、いち早く未開の地を征服し、海洋交易で財を成した理由を」

「喜望峰から東周りの航路やブラジル航路を発見したからでしょう」

「さよう。リスボアは交易港として大いに栄えた。その海洋事業にかかる莫大な費用はどこから来たと思うか」

フェレイラ師のことばは次第に怒気を帯びてきました。

「ローマ教皇、イエズス会本部？　それとも国王からでしょうか」

恐るおそるこたえました。

「国王はユダヤ人に市民権を与え、護教を黙認するかわりに、かれらの財産を搾り取ったのだ。それがなければ、ポルトガルは偉大な海洋国家になれなかった」

長かったレコンキスタ（イベリア半島で繰りひろげられた国土回復運動）で、イスラム教徒同様にユダヤ教徒は追放されました。たどり着いたポルトガルは安住の地ではなく、他国に亡命できなかったかれらが多額の納付金で市民権を得たことは、わたしも知っています。フェレイラ師の曽祖父母もそうだったのでしょう。

さまようユダヤ人を、エウロッパの人びとは見て見ぬふりをつづけました。カトリックへの改宗を強要され、すこしでも躊躇しようものなら異端審問にかけられるかれらの受難を、エウロッパ人が知らない筈はないのです。

穴吊るしのさなか死の淵にあったフェレイラ師は、なによりも生き延びることを優先した祖先の声を、聞いたのかもしれません。それは暗闇の大海原から、ほんのわずかに見えた灯台のあかりにも似た一筋の希望だったのでしょう。

かれははからずも祖先が歩んだ軌跡をたどることになった、ということなのでしょうか。

しかし……いや、待てよ、とわたしはまた自問を繰り返しました。

（そうであるなら、かれは五十二年間キリスト教徒として司祭という指導者にもなり、父祖伝来のユダヤ教徒の片鱗も見せず生きていたことに、慚愧はないのか？　生き延びることだけが命題で、二重生活を送っていたというのか？）

ひょっとするとフェレイラ師は日本の神におなじものを見たのかもしれません。曖昧模糊とした、いい加減さをもつ人格神のような八百万の神――。

　ユダヤの教えを胸に秘めキリスト教徒として生きてきたことも、そのキリスト教を捨て仏教徒として生きることも、八百万の神がいる日本ではむずかしいことではないのかもしれません。〈敵の敵は味方〉そんな箴言が頭の隅をかすめました。

　かれがヤコブ（イスラエル）の末裔ならば、今の在りようは神とたたかった者――ヤコブそのものではないか、とさえ思えてきたのです。

　これ以上フェレイラ師への問いかけは、空しいものでした。これ以上なにをかれから引きだせるというのでしょうか？

　ふたたびの沈黙のあと、無駄だと思いましたがディアス師への伝言はないかと聞くと、かれはゆっくりと腰をあげて言いました。

「今はお互いに違う地平で生きている。ディアス師にはフェレイラは死んだと伝えてくれれば、それでいい。……本当にあのまま…んでいたら」

「えっ？　なんと言われました？」

　それには答えず、

「アデウス。無事の帰国を祈る」

　あっけない別れのことばを残して、フェレイラ師が遠ざかっていきます。

腰を上げることも忘れたわたしは、呆然とその後ろ姿を見送るばかりでした。いつしか鳴き止んだちちろ虫にかわって、どこからともなく聞こえてくる犬の遠吠えが、やけに耳に尾を引く晩でした。

四

翌朝予定どおりマカウ行きに乗船しました。

近くにいながらシルヴェイラ氏に報告できないことが心残りです。かれと話をできる者は限られ、たとえ話ができても通事たちがいれば、明々白々にさらされてわれわれの身も危うくなるでしょう。この顛末を語るのはいずれ再会した時に……。

船が長崎湾の長い入り江を抜けだし、キリシタン悲話が伝わる高鉾島が目の前をとおり過ぎていきます。ふたたび来ることのない日本、そして長崎。一路南西に向けて帆を上げる頃、フェレイラ師との対話が夢まぼろしのように思われました。二度と会うことのないクリストヴァン・フェレイラ師――。みじかい縁でしたが、強烈な印象を残したかれのことは決して忘れないでしょう。

ポルトガルとオランダの浅からぬ因縁も再確認しました。ガレオッタ船の船長がオランダ船の追撃をおそれていたこと、アムステルダムはポルトガルから逃れてきたユダヤ商人たちによって栄えた商都です。ポルトガルに代わろうとするオランダの台頭は、天の配剤なのかもしれません。

数日後にはマカウに到着するというある明け方、わたしは不思議な光景を目にしました。東雲の切れ目から伸びた陽の光。朝日が差し出す光線はまるで梯子のようでした。ヤコブが夢に見たという、天使が上り下りしている梯子です。

ヤコブの末裔もそんな夢を見ていたのでしょうか。

帰国後、聖パウロ寺院に向かう足どりは、やはり重いものでした。

自分が気に病むことではなく、事実を報告すればよいと思う一方、ディアス神父が知りたがっているフェレイラ師の近況を、ありのまま伝えることはできそうにありません。

フェレイラ師との話し合いのなかには、殉教を賛美するキリスト教界への批判、清貧の理念から外れ、交易へ前のめりになってしまったイエズス会への失望という外的な要素に加えて、かれ自身ユダヤ教徒の末裔であるという内的な要素。それらが合わさって棄教につながったことを、わたしの乏しいことばで正確に伝えるには荷が重すぎました。

「パードレ・フェレイラが立ち返ることはありません」

と言い放ったら、わたしはすっきりしたでしょうか？　ナゥン、それはないでしょう。

そこでディアス師には、とても残念ではあるがフェレイラ師に立ち返る意思はみられず、家族四人の今の生活になじんでいる、と説明するにとどめたのです。

ディアス師は目をとじたままじっと聞いていましたが、ひと筋の涙がしわの刻んだ頬をぬらしていました。万事休す、の面持ちで師は言いました。

「デ・モーラ君、フェレイラ師によく会ってくれましたね。報告に感謝します。近々皆に集まってもらい協議しましょう」

みずから意気込んで背負った仕事でしたが、老齢のディアス師を悲しませる結果に、徒労感がどっとおし寄せます。かれはわたしに報告を文書にするようにもとめました。

コレジオ内のイエズス会士が招集され、会議がひらかれたのは、翌々日の昼前のことでした。午後にはわたしと数人の商人が呼ばれ、会議の場でフェレイラ師に関する報告を文書に基づいて証言しました。数日前に交わしたフェレイラ師との対話を、白日の下にさらすのではなく、慎重にことばをえらんだのは言うまでもありません。

イエズス会日本管区の最高責任者の棄教という醜聞がこれ以上ひろがることをおそれたディアス師は、ローマの総会長からの指示を待つ猶予はない、と冷徹に公言したのです。二日前の悲しみに沈んだ素振りを、寸分も見せない巡察師としての物言いでした。

棄教から三年の歳月が流れた一六三六年十一月二日、

ヴィセンテ・リベイラ、ペドロ・マルケス、ジョアン・バプティスタ・ボネリ、

ジョアン・モンテイロ、マヌエル・ディアス、ジョアン・マリア・レリア、

フランシスコ・タヴォラ、ライモンド・デ・グヴェア、アレッサンドロ・ローデス、

ペドロ・モレホン、

この十人の司祭の連名によって、クリストヴァン・フェレイラの名はイエズス会名簿から抹消されました。上司、同僚、後輩として、それぞれフェレイラ師とかかわってきたかれらが、どんな思いでそれを遂行したか――モレホン師の署名する手の震えが、その苦衷を物語っているようでした。

除名されたその名が、人びとの口に上ることは日を追うごとに少なくなりましたが、忘却の彼方に追いやられたわけではありませんでした。

棄教から四年後にひとりの若い神父が、十年後には八人から成る宣教団が、さらにその翌年には十人の宣教団がフェレイラ師の立ち返りを願って、危険極まりない日本への密入国を試み

ました。

上陸後ただちにかれらは捕囚となり壮絶な拷問の末、ある者は命を散らし、ある者はフェレイラ師と同じ轍を踏むことになったのです。

その報せを受けたフェレイラ師の胸中を、知る者はだれもいません。

第五章　ヤン・ファン・エルセラックの独白

一

十六世紀中葉、ポルトガルと日本の交易がはじまったのは、ポルトガル人を乗せたジャンク船が難破して、種子島に流れついたことが切っ掛けだったと聞いている。

半世紀後、オランダはおなじような行程を踏んだ。バタヴィアから東インドをめざしていたオランダ船リーフデ号が暴風雨にあい、豊後の海岸に漂着したのは、日本が二分して戦った関ヶ原合戦の数か月前のことだった。

予想不可能な自然災害が航海を生業とする交易商人を直撃し、歴史はつくられる。

リーフデ号の生き残りの船員二十四名のうち、航海士のイギリス人ウイリアム・アダムス氏（のちの三浦按針）とロッテルダム商会の商務員オランダ人ヤン・ヨーステイン氏（耶揚子）は体調不良の船長に代わって、すでに天下人然とした徳川家康殿の呼び出しに応じて大坂に出向いた。

事前に「リーフデ号は海賊船ですぞ」とポルトガル人に耳打ちされていたという家康殿は、ふたりの知見に目を見張り、とりわけ「プロテスタントの国にパピスト（司祭）はおらず、交易に宗教を持ちこむことはない」という力説が気に入ったらしい。パピストが仲介するカトリック国との交易に、家康殿は不満をもっていたようだ。

ふたりは家康殿の厚遇をうけ、側近となって活躍した。

一六〇二年バタヴィア（ジャカルタ）に、私が所属している半官半民のオランダ東インド会社Vereenighde（連合）Oost-Indische（東インド）Compagnie（会社）＝ＶＯＣが設立された。紆余曲折を経て家康殿から外交朱印状を拝領すると、正式に日蘭交渉がはじまった。

一六〇九年、ＶＯＣは日本のオランダ商館を、平戸城主・松浦隆信公の熱心な誘致にこたえてフィランド（平戸）に開設する。その四年後にはイギリス商館も同地の中国商人の屋敷を借りて開設されたが、十年目に閉館。リーフデ号のふたりの功労者はその時期、相前後して亡くなった。

初期のオランダ商館は、土蔵付きの一軒家を間借りした粗末なものだったらしい。

一六二八年におきた「タイオワン事件」（ノイツ事件）で商館は閉鎖されるも、五年後に交易が再開されると、それまでのロスを取り戻すかのように会社は力を入れ、手始めとして商館を瀟洒な建物に変貌させた。

私が商務員として赴任した一六三三年には、社宅と大きな石造倉庫が二棟建設されていたが、さらに周辺の民家を買収し更地に増築、井戸の掘削も行なった。漆喰で固めた石積みの塀を設置したのは、目隠しと火事の延焼防止のためである。

商館の体裁は整ったが、ポルトガルのガレオッタ船による長崎―マカオ間の交易は、問題をはらみながらも依然として健在で、オランダがそこに楔を打ち込むのは、容易ではなかった。

在日二十年、日本人女性を妻に娶り日本語に不自由なく、その国民性を熟知しているヘトル（次席商館長）フランソア・カロン氏の暗躍がはじまった。

なんとしてでもわれわれオランダ商人は、日本がポルトガルとの間で取り交わされているパンカド（糸割符）――マカオのポルトガル商人が広東で仕入れた生糸を、特定の日本商人が一括して買う――を、廃止に追い込みたいのである。その取引がポルトガル人にとって、当初よりも不利になっていたとしても、かれらの大きな収入源であることには変わりはない。

かつてオランダがマカオ奪取をこころみ、失敗におわってからは、公儀に幾度となく商取引の改善を訴えていたが、相手にされなかった。そこで商館長ニコラス・クーケバッケル氏とカロン氏は一計を講じる。首尾よくいけばバタヴィア総督には事後承諾を願いでるつもりで、長崎奉行の榊原飛騨守に面会を申し込んだ。随員として私もこれに同行した。

一六三七年九月のことである。

「貴国にはキリスト教禁制という国是があるにもかかわらず、ポルトガルやイスパニアの商人は変装したパピストを同船し、日本に連れてきております。各地に散らばったかれらは当然のように布教し、キリシタンとなった者は殉教も恐れず……」

よどみないカロン氏の再三の口説きに、奉行は渋面をつくってこう言った。

「わかっておる、貴下たちの言いたいことは。競争相手のポルトガルを排除せよ、ということであろう。ポルトガルとの商取引は公方様が決められたことゆえ、拙者が口出す筋合いのものではない。歎願するというのならば江戸に行かれるがよい」

にべもない返答ぶりだ。

カロン氏は引き下がることなく巧みに論点をずらす。自国の利益を優先するのは当然としても、ここはあくまでも交渉の相手国日本を第一に考えるフリが肝要だ。

「恐れながら申し上げたき儀は、このままかれらの宣教を見過ごせば、いかなる禍根となりましょうや。ポルトガルとイスパニアが、布教と領土獲得をつがいにしていたことはご存じのとおり」

これにには奉行も無下に話の腰を折るわけにはいかないようで、うむ……と腕組みした。

「そこで本日、われわれが言上いたしますは、イベリア両国の根拠地のひとつ、マニラを日蘭が一致協力して征服に乗りだす、という提案であります。いかがお考えになられましょうか」

カロン氏の真剣なまなざしを、奉行は一瞬いぶかるように凝視したが、すぐに呵々と笑い出し、首を左右に振った。

「なにを申すか。マニラより近場のマカオですら落とせなかった、というに」

そう言われては面目ない。

ポルトガル交易の根拠地マカオを奪取せんと、オランダはその時イギリスと手を組んだものの失敗におわっている。

「あれは十五年も前のこと。しかしカロン氏は話の劣勢にひるまず、集中して攻撃できなかったのでありますが、当時オランダはマラッカ、ゴア、モルッカ諸島のことで手一杯、今やマカオは貴国の賢明な取り締まりによって風前の灯。われわれが身を投ずるまでもありますまい」

と、おもねるように言い訳した。

マニラ征服の話は早かったかもしれない……。

カロン氏は気を取り直して、もはや石像と化した奉行に揺さぶりをかけるように、

「もしご公儀がパンカドを廃止するようでありましたら、われわれはポルトガル人が調達する同量の生糸や薬種をタイオワン経由で取りそろえましょう。かつ、かれらの価格より二割引いて売却いたしましょう」

と、話を転じた。

目を剥いた奉行を前にして、クーケバッケル氏は内心肝が冷えたとみえ、一瞬眉をひそめた。日本が求める分量の生糸を、ポルトガルに代わってオランダが調達できるかどうかもわからず、ましてやそれまでの価格から二割も引くという宣言は、いかに遣り手のカロン氏といえども、軽率のそしりは免れまい。

奉行の反応はあきらかに友好的なものではなく、そのきまりの悪さに、われわれはこれ以上の説得をひかえて奉行所を後にしたのである。

二

数日後、急転直下の事態となった。

長崎代官の末次平蔵（二代目）氏を通した老中からの密命には「マニラ征服を決行する。よって日本軍隊の渡海にオランダの軍艦を同行させよ」とある。あの提案は半ば却下されたもの、と踏んでいたわれわれはおどろいた。

なにが話し合われたのか知る由もないが、お上が動くのであればけしかけた手前、オランダ軍艦が当てにされて当然であろう。早速クーケバックル氏は会議を開き、そこで翌年に予定された襲撃には、大艦四隻と帆船二隻の派遣が決められた。

しかしふたたび事態は急変した。島原・天草一揆の勃発である。

西日本一帯をおそった旱魃が飢饉をまねき、存亡の危機に瀕する領民たちに、島原・天草の両藩主はそれでも苛酷な年貢の取りたてを迫った。追い詰められた領民たちは一斉に蜂起し、海沿いの廃墟・原城に立てこもった。三万人弱の領民は公儀が提示する甘言にもなびかず、不退転をくずさぬ構えをみせる。

予想をこえる決死の抵抗にお上は躍起になり、常軌を逸したとしか思えぬ十万もの兵士を導入した。公儀の苦戦を知ったわれわれは参戦すべきか、否か？

フィランドに近いとはいえ、そもそも異国の辺境でおこった一揆である。議論を重ねたが反対にも賛成にも、それぞれ理にかなった言い分があり、クールバッケル氏は頭を悩ませていたが、これはお上に忠節を示す、またとない機会であるとの結論に達した。

「申し出が遅いわい！」

と、奉行から嫌味を言われながら、ライブ号を軍船に仕立てて平戸港を出帆し、原城近くの沖合に回航した。そこから二門の大砲を砲台に運び、原城めがけて発射したのである。

微力の領民相手に連日の砲撃は二十六発にもなった。大人げない戦法も思いの外、効力を発揮せず、砲弾の取り扱い不注意で同胞人に死傷者が出るに至っては、不面目この上ない。「忠勤に満足している」という老中の松平伊豆守の外交辞令を額面どおり受けとる程、この頃には日本の慣習に不案内ではなかった。

一揆の終息を見たのは四か月後のことである。

公儀はいちじるしく体面を汚した。おなじことがオランダ側にも言えた。われわれの援護射撃が、オランダの国益にかなったものだとしても、同信のキリシタンへの攻撃が皇帝（将軍）への追従であることに、内心忸怩たるものがある。おそらくクーケバックル氏もおなじ思いであったであろう。マニラ征服計画が頓挫したのは言うまでもない。丸腰に近い一揆軍にこれ程てこずっていたとあれば、マニラ駐屯のイベリア両国兵どもと干戈を交える話など、俎上にも載らない。戦乱の世では日本兵の強さは海外にもとどろき、バタヴィアには勇敢な日本人傭兵が多くいたが、大平となった今、かれらには士気もなければ兵力も脆弱であることが露呈した。

現実を知った皇帝はわれわれに、大砲より口径が大きい臼砲を注文してきた。臼砲は曲射も可能で、城を取り巻く石垣を粉砕するには効果絶大だ。

平和な世になり、これを維持するため一層強力な武器を必要としている。これでは平和も砂上の楼閣だ。戦いに明け暮れやっと得た平和を、つぎの戦のための準備期間とする日本人は向上心旺盛なのか、好戦的なのか。

一揆が勃発してひと月後、バタヴィアに行っていたカロン氏が日本にもどり、クーケバッケル氏から商館長を引きついだ。わずかな期間の留守中に事態は激変していた。切りかえの早いかれは皇帝の依頼にこたえようと、試行錯誤の製造をみずから見届け、できあがった臼砲大二門、小一門とそれらの付属品をたずさえて参府した。

献上品の臼砲が国内産のものであることを確認した皇帝は上機嫌だったそうで、カロン氏に銀二百枚、製造したふたりのオランダ人にそれぞれ銀二十五枚を下賜された。そして平戸侯には献上品と同様のものを、さらにつくるよう命じた、という。

ヘトルとなった私はフィランドで、上々の首尾を願いながら留守居番をつとめていた。

日本がこの五年の間に「キリシタン禁制」に伴って断続的に交付した禁止令は、

海外との往来と通商を制限

日本人の海外渡航と帰国の禁止

あらたなポルトガル船への投銀の禁止

交易に関わらないポルトガル人とその混血児を国外追放

とつづいた。追放はやがてオランダ系混血児とその母にもおよぶことになった。

日本は徐々に内向きの国へと変貌していく。そんな状況に置きながら、お上は唯一の交易相手国として、ポルトガルとオランダを天秤に掛けていたのだろう。

再三の禁止令にもかかわらず、パピストを送り込むポルトガルには腹にすえかねるが、これを切れば豪商たちの多額の投銀の回収は困難になり、かれらの怒りは目に見えている。一方で新興のオランダもキリスト教国であることには違いなく、交易の実績はポルトガルに遠くおよばない……。公儀の中枢は思案に堂々巡りしていたであろうが、島原・天草一揆でオランダの忠節が功を奏した。

一六三九年七月、長崎港にガレオッタ船があらわれた。台風からの避難であったが、船が拿捕され船員たちは築島に監禁された。折からガレオッタ船の来航禁止の奉書を携えて下向していた上使・太田資宗殿は、ポルトガル人に公儀の方針を伝えた。すなわちこの先ポルトガル人が来航したならば、船は焼き払われ乗組員は打ち首となるだろう――と。

百年つづいた日本とポルトガルの国交は、事実上ここで終焉となったのである。

翌一六四〇年七月六日、マカオ使節のポルトガル人が長崎に入港したという知らせが入った。昨年の公儀の伝達を思いおこせばおどろきはあったものの、予想外でもなかった。交易の断絶がマカオ経済に大きな打撃をあたえていることは疑いもない。

派遣された使節は交易再開の嘆願書と、日本への支払金六千タエスを携えていたというから、敵ながら一抹の憐憫さえ覚える。しかしこの無謀な行為が、日本人に最初に接した西洋人という自負でなされ、ゆるされるものと踏んでいたならば、かれらは救いがたいオプティミストだ。徒労におわるどころか命の危険すらあると、考えおよばなかったのだろうか？

長崎奉行の馬場利重殿は、皇帝の指令をあおぐため急使をおくった。

八月二日、驚異的な速さで上使・加々爪忠澄殿が長崎に到着した。良き回答を期待して盛装姿で出頭した使節たちに、上使は冷酷に言いわたしたという。

「昨年入港したポルトガル人には、金輪際日本に来ることまかり通らぬ、さもなければ死罪も辞さぬと申しわたしていたはず。先般貴下たちには慈悲をもって助命したが、今回その温情をふたたびかけることはかなわぬ。しかし貴下たちが商売抜きにして請願に来たことを考慮し、もっとも安楽な死を与える」

あわれにも盛装は死装束となった。この日は満月で処刑は延期された。満月の日には処刑を行なわない、という習わしがこの国にあるらしい。

二日後、乗組員の七十四人中、六十一人が「殉教の丘」とよばれる仕置き場で、一年前の警告どおり斬首となった。かれらの首は柵の上に晒され、胴体は深い穴に投げ込まれた。

死者の所持品や家財などはガレオッタ船もろとも、キリスト教徒でない医師と黒人水夫十三人の目の前で焼却されたのである。報告のために命拾いをした者たちは、北のモンスーン（季節風）がくれば中国人のジャンク船でマカオに送られるという。

その報告は直ちにオランダ東インド会社に伝えられた。バタヴィアでは念願だった交易戦争の勝利に酔い祝宴でも開かれるだろうが、日本にいる私は、仇敵の悲惨な結末に手放しでよろこぶ気にはなれなかった。

江戸からもどってきたばかりのカロン氏は、このマカオ使節の顚末を聞くと大きなため息をついた。ポルトガルに勝利した立役者は、けっして有頂天などになっていない。

それどころかこうつぶやいたのだ。

「ポルトガル人の上に雨が降れば、東インド会社もまた、その滴にぬれる」

三

江戸に帰る前にオランダ商館を見ておきたい、という加々爪殿が数人のお供を連れてフィランドにやってきた。商館をくまなく回り測量し、こころなしか苦い顔で建物を見あげる姿に、不吉な予感がよぎった。天草・島原一揆の終息後、松平信綱殿と輝綱殿父子が商館を視察に訪れたことも思い出された。

十一月八日、カロン氏は平戸侯の邸宅に呼び出され、私も随行した。

そこで待っていたのは大目付井上筑後守と長崎奉行以下、数名の随員たちである。物々しい雰囲気のなかで大目付が口火を切る。かれはオランダ人もまたキリスト教徒であることを問責した。カロン氏はおそれながら、

「ローマ教徒（ローマ・カトリック）には天上のデウスと、権力をふるう地上のパッパ（教皇）がおりますが、プロテスタントのオランダには、パッパの下で働くパピストはおりませぬ。おなじキリスト教徒といっても……」

と、従来の主張をくりかえしたが、大目付はそれをさえぎった。

「其処許（そこもと）が信じるキリスト教は、キリシタンとはちがった耶蘇教であると認識しておったが、豈図らんや、その方らはポルトガル人同様に日曜日を守り十戒、主祷文、信仰箇条をそらんじておる。パピストはおらぬというがプレディカントゥ（牧師）がおるではないか。かれらがタイオワンで布教しておることは先刻承知じゃ。しかも商館の倉庫の破風には臆面もなくキリスト紀元の西暦年号を掲げておる。これをなんと申し開く」

平身低頭するわれわれに、大目付はつづけた。

「あのような高いところに耶蘇の年号がかかげてあれば、それを見上げるだれもが、キリシタンを思い起こすことになるだろう。公方様はキリシタンを憎悪しておられる。キリシタンに関わるものは些細なことでもすべて排除じゃ。西暦が刻印された建物など以ての外。すぐさま倉庫を破却せよ」

たしかにふたつの倉庫の前面破風には、それぞれＶＯＣの紋章を中央にして、倉庫が落成した一六三七年、一六三九年の年号が左右に割り書きされている。単にヨーロッパの建築物に施される慣習をなぞったものだったが、それを破却の理由にするとは難癖以外、なにものでもない。

地球儀を見た皇帝が日本の小ささにおどろき、外国からの侵略をおそれるあまり極度のキリシタンぎらいになった、という風説が俄然現実味おびてきた。先般商館を訪れた老中や加々爪殿たちの様子に、不審を抱いた記憶もよみがえる。

それにしてもオランダがタイオワンで布教していることや、キリストの誕生年を知っている情報通が公儀内にいたのだろうか？　脳裏に浮かんだのはあのポルトガル人、奉行所に取り入るころびバテレンだ。彼奴ならばやりそうなことではないか……。

ところがあとで知ったことには、井上筑後守――この御仁こそ元キリシタンでキリシタンを論破する元締めだという。青年期キリシタン大名に仕えていたらしいが、かれの男色をめぐる醜聞を知れば、とてもキリシタンだったとは思えない。たとえいっときキリシタンであったとしても、その体験はキリストの教えを知ろうする求道者ではなく、牛肉を食らいワインをたしなむのとおなじ。所詮、新奇好きの趣向でしかなかったのだ。

商館の一大事に、カロン氏は眉ひとつ動かさずに落ち着き払っていた。

「ごもっともでございます。さっそく仰せのとおり、とりはからいまする」

と神妙に一礼し、卑屈ながら私もそれにならった。不気味なほどの従順さに大目付は小さく咳払いし、こう告げた。

「この日の本では外国人をふくめたすべての民は、公方様の傘下にあると肝に銘じよ。下の者が壮麗な建物に住まうこと自体、不届き千万なのじゃ。商人の分相応というものをわきまえよ。追って貴下たちのなすべきことを知らせるによって、随時それに従うべし。しかと申し付けたぞ」

「はっ、承りました」

「それともうひとつ、今後カピタンの任期を一年とし、年毎に交代せよ。新任者には、公方様に謁見するため江戸参府を命ずる。取引許可に対する拝礼である。その際大事なのは相互理解と交易を円滑にすすめるため、贈り物を献上することじゃ」

贈り物はミヤゲ。先輩の商館員がつぶやいていたのを思い出す。「ミヤゲは人が道を歩くに必要な灯りのようなもの。常に前にあるものでなければならない」

日本人のミヤゲ好きを、言い得て妙ではないか。

商館に戻り、事の次第を商務員たちに伝える。

出来たばかりの商館をすぐさま取り壊せとは、なんと無体なことを！　聞き間違いではないのか、と口々にざわついた。かれらを前にカロン氏は、口を真一文字にむすんで首を左右に振った。その顔からはいつもの人を逸らさない愛想のよさは消え、先刻には見られなかった充血した目に口惜しさが充満していた。

「お上に従うしかなかった。少しでも不平を漏らしたならば、私の首はすぐさま飛んだであろう、と囁いた友人がいた。松浦公の邸宅には刺客が待ちかまえていたそうだ」

緊迫した空気がよみがえる。部屋の襖の背後に殺し屋がひかえていたとは……。

ポルトガルに降った雨は会社の滴となる――カロン氏の予言通りだ。この先ポルトガルの撤退で気をゆるしたならば、滴では終わらないだろう。下手すれば暴風雨になるかもしれない。この国の封建制度や気質を熟知しているカロン氏の落ち着きが、諦観からくるものだとしても、それで会社が救われたことは間違いない。

カロン氏はすぐに倉庫を解体する段取りに取りかかった。全商員と雇い入れた日本人労働者が、三日間昼夜にわたって荷物をはこびだし、まだ光輝いている商館の屋根瓦をはがしはじめた。単調に働く日本人を尻目に、オランダ人は腹に据えかねる口惜しさを紛らわせるかのように、手荒く作業に取りくんだ。

一六四一年二月、カロン氏はバタヴィアに向けて出航した。長く住みなれた日本との別れにも、淡々としてセンチメンタルな風情を見せることはなかった。が、これはバタヴィアの本社に掛け合い、こころを砕いて建設した商館の破却を、目の当たりにすることがしのびなかったのであろう。だれよりも無念であったはずだ。

万が一の破却停止令を期待してわれわれは手をゆるめていたが、ひと月後、年号を掲げていない倉庫にも破却の命令が伝えられた。それは社宅や食堂にもおよび、とどのつまり倉庫四棟と住宅五棟の商館全壊である。かすかな望みは完全に打ちのめされた。

「館のごたるばい」

村びとが褒めそやした白亜の殿堂は三層の屋根瓦こそ日本製だが、タイオワンから取り寄せたレンガやふんだんに使ったタイルの数々、各部屋に取りつけた窓ガラス、漆喰で仕上げた石壁など壮麗な建造物だった。ひょっとするとお上は、壮麗さだけではない堅固な石造建築物が要塞になる、とても警戒したのだろうか?

西暦紀元の因縁よりも際立つ造りそのものが、皇帝の逆鱗に触れたのかもしれない。

「目立つことのない日本式の建物を」

末次平蔵氏の忠告が、今にして身にこたえる。

根城を失った座りの無さは、こんなにもこころ細いものなのか。外国人に侵攻され行き場を失った先住民の喪失感はこの比ではないだろう。

商館の移転先は、カロン氏の後任マクシミリアン・ル・メール氏が江戸に登城した時に告げられた。数年前までポルトガル人が収容されていた偏狭なアイラント、築島である。かつては良港をもつ長崎をうらやむこともあったが、築島とあれば話は違ってくる。海に面し奉行所の目の前に位置する、いみじくもクーケバックル氏が「まるで牢獄だ」とつぶやいていた人工の島だ。

公儀にポルトガル人を日本から追い出すように仕向けたのも、日本商人の東南アジア交易をはばむために朱印船を禁じるように助言したのも、明国でイエズス会士らが活躍していることをいいことに、中国人の入国を阻止するように進言したのも、すべてわれわれが日本との交易を独占するための策略だった。

思い通りにゆく日本を、甘く見ていた付けが回ってきたようだ。

築島は門や塀、橋などはお上の負担だが、埋め立て工事や建築物の費用は長崎の豪商二十五人が共同出資したもの、と聞いた。その回収のためポルトガル人から賃貸料を取っていたが、かれらを追い出してしまっては元も子もなくなる。そこで豪商たちはわれわれをそこに住まわせるよう幕府に働きかけた——これはうがった見方ではない。

お上にしてみれば、今後交易を一括して管理するためオランダ人を天領の長崎に、それも小さなアイラントに閉じ込めておくことは、この上ない妙案であろう。商館破却は体のいい口実だったのだ。

二十五人の家主たちは、ポルトガル人が支払っていた年額賃借料銀八十貫同額を、われわれに要求してきた。八棟の家賃としては不当に高いと抗議し、島の管理者である乙名の海老屋四郎右衛門殿に掛け合った。仄聞したところによると、島の造成にかかった費用は銀二百貫、建築物をふくめると三百貫だそうだが、かれらはその元手を高々四年足らずで賄おうとしていたのだから、ポルトガル人もよく我慢したものだ。

交渉の末、年額銀五十五貫（九百十六両）に落ち着いた。和風の二階建て木造家屋は、白亜の殿堂と比べれば甚だ見劣りするが、値引きに成功したことが唯一の慰めになった。

商館は失われ、フィランドの人たちとの交際も禁じられ、パンカドはかつてのポルトガル人とおなじように義務づけられ、自由交易は不可能となった。通事に関しても、われわれはオランダ語に長けた馴染みの通事を望んだが、公儀はオランダに忠義を尽くすことのない役人の通事を押しつけてきた。

日本交易の独占と引きかえに背負ったものは、事程左様に窮屈なものだったが、われわれにつづくオランダ商人は、見込まれる莫大な利益の皮算用になぐさめられ、期限付きの境遇に甘んじることだろう。

四

オランダ商館が築島に移転した一六四一年の十一月、私はル・メール氏に代わって商館長に就任し、あたらしいルールに則り一年つとめあげた。翌年の十月の末、久しぶりにもどったバタヴィアでは司法委員会の参事をつとめ、トンキン（ハノイ）交易を査察したのち、四三年にふたたびカピタンに任命され来日した。

その年の七月、東インド会社傘下の商船「プレスケンス号」が、難破の末、陸奥国三陸海岸の山田浦に入港した。食糧尽きて助けをもとめてたどりついたものだったが、キリシタン禁制が厳重になっている当世、南部藩の役人は突然の黒船出現に神経をとがらせた。

パピストが同船してはいないか？

同胞たちは差し出された踏絵をぞんざいにあつかい、地役人とも懇意になってオランダ人とみとめられたようだが、領主はその処遇を一存では決められぬと、船長のヘンドリック・コルネリス・スハープら十人を吟味のため江戸に送りこんだ。

かれらの身元を証明するために私は来日早々、例年よりひと月早い江戸参府となったのだ。

プレスケンス号が入港するひと月前、筑前大島に上陸したイエズス会のパピストらは、時を置かず捕縛された。日本管区長ペデロ・マルケス師以下十人はころびパピスト・シウアン（澤野忠庵）を回心させるために編成された「ルビノ宣教団」の第二団だという。

シウアンが棄教してからすでに十年の月日が流れている。

このパピストの噂話はオランダ人の間でたびたび上がっていた。仇敵のポルトガル人であり、日本イエズス会最高責任者のころび者とあっては、せまい島で無聊をかこつ者たちの恰好のそしり種となっている。

ルビノ宣教団は自分たちが懇切に説得すればシウアンは立ち返る、と本気で信じていたのだろうか。あるいは立ち返らずともシウアン本人と対峙して、糾弾せずにはいられなかったのか。先発のアントニオ・ルビノ師率いる第一団は薩摩に上陸するや捕えられ、殉教する者、今なお獄中につながれている者と、不首尾におわっているのだ。

それを知ってか知らずか三か月後、第二団はやってきた。私にはかれらが死に場所をもとめて日本潜入を試みたとしか思えなかった。

長崎に連行されたかれらが江戸行きを命じられたのは、皇帝代理の閣老たちの下で吟味されるためだった。お上が「プレスケンス号事件」と「ルビノ第二団」を同時に吟味することは、オランダとポルトガルの関係を糾したい意図だけではなさそうだ。

通事の西吉兵衛殿と名村八左衛門殿、これにシウアンが同行した。ハピストたちはすでにシウアンと言葉を交わしていたのだろうか。道中のひと月半をどんな思いで過ごしたのか、他事ながら興味ぶかい。

私がかれらに遅れて江戸に着いた時すでに吟味はおわっていたが、翌日井上筑後守の下屋敷でスハープ船長と面会した。かれはフィランドに二度来ている、バタヴィア時代からの旧知の仲である。私をみとめると緊張が解けたと見え、安堵と困惑が入り混じった表情をかくさなかった。力づけるつもりでかれの手を握ったが、かれの浮かぬ顔の原因は、自身の吟味の他にもあったことを知る。

「プレスケンス号事件」の吟味がはじまると、型通りスハープがとった海路や旅の目的などが尋問された、という。一行は日本列島の北東にあると言われている金銀島をめざしていたのだが、先年イスパニア人による同じ行為をオランダが公儀に告げ口していた手前、おいそれと真実を述べることはできない。そこでタルタリア（韃靼）との取引拡大が目的であると言いつくろっていたのだ。

通事をつとめたシウアンは、和紙に書いた小さな世界地図を持ちだし（地球儀を切り取ったものだったらしい）スハープが述べた矛盾を突いたそうだ。

タルタリアは地続きである。船でどうやって行くつもりであったか……?。

それにひるむことなくスハープは、タルタリアでは明国の生糸が大量に取引されているので、現行のタイオワン経由より有利に日本に供給できるであろうと思い、現地には陸路で行くつもりであったと、日本への配慮も忘れなかった。

その場に私がいたら、さぞ冷や汗をかいたであろう。後日スハープらは、私が船長の身元を証明するに及んで無事放免された。時間が長くかかったのは、すべて皇帝の疑心暗鬼が原因だったようだ。

三年前マカオ使節以下大勢を死刑にしたことで、ポルトガルの報復を極度におそれていたこと。一年前オランダとポルトガルが十年の休戦条約を結び、ガレオッタ船がバタヴィアで補給を受けていたことから、両国が徒党を組んでいるのではないかとうたがっていたこと――それらが執拗な尋問となり、皇帝はひそかに変装までしてその様子をうかがっていた、とは……。

登城に際して私はこれまでヨーロッパでも見たことのない、大きなシャンデリア（灯篭）をバタヴィアから運んできていた。これを組み立て献上品にした。

はじめて謁見した皇帝は痩躯で憂鬱質という噂どおりで、生気というものが感じられない。

黒い頭巾に黒い縞模様の上衣という地味な装いは、家臣たちとあまり変わず、一片のカリスマ性もうかがえない。ヨーロッパの王たちとは明らかに異質である。

城中の皇帝は謁見する者から遠くへだたり、姿をはっきり見せないのがこの国の不文律のようだ。

「オランダ・カピタン！」という甲高い呼び出しは、高みから点呼されるようで気に入らなかったが、御前に膝行して求められるまま、オランダとポルトガルが手をくんだ経緯、ヨーロッパ諸国の実情を、わかりやすく説明することに意を尽くした。

イスパニア国王がポルトガル国王を兼ねていた長い間に、ポルトガル国民の間で不満がつのり、自国民の血統をくむ新国王を推すことで独立した。が、大国であるイスパニアに対抗するためには一国の力では不十分、そこでフランス、オランダと平和条約を結ぶに至った。蛇足ながらオランダとポルトガルの間にはその後も些末ないさかいが絶えず、相手国に対する国民感情は互いによろしくない……

ことも、付け加えた。

これで皇帝が納得したかどうかはわからない。というのも、私の言葉をまず通事が老中に伝え、老中の言葉を皇帝が聞く、という手間がかかるもので、通事が意訳したり老中の主観が入ったりすれば、意図しないことが伝わる可能性もある。

そんな懸念はどうしようもないが、皇帝が献上品をいたく気に入りこれまでのオランダ側の非礼（どうやらミヤゲ不足が不満だったようだ）を不問にしたことこそ重要で、カピタンの面目を大いに施したのである。

五

自由の身となったスハープと商務員のベイルフェルトが帰国を前にして私のところにやってきた。かれらが口々に言うことは、自分たちの身に起こったこと以上に衝撃を受けたのがおなじ尋問の場に引き出されたルビノ第二団のパピストたちの姿だった。そして幕府の目明しとなったシウアンとかれらとの対決だったという。

スハープは少なからずポルトガル語を理解し、ベイルフェルトはイスパニア語とポルトガル語を自由に操れるのだが、ふたりはオランダ語しか出来ないふりをして、かれらの対話をつぶさに聞きとっていた。ベイルフェルトは語った。

イエズス会日本管区の重鎮だったパピスト・フェレイラが棄教し、日本国内のキリシタンたちへの迫害が日増しに過激になってきていることは、アジアだけでなくヨーロッパにも広く知られていました。それでも尚、ローマ教徒のパピストたちが入国しようとするのはどういうことなのか、やはり領土をねらう南蛮国の手先なのか、とも思っていました。ところが実際にかれらに会って私の認識は変わりました。隣に座らされた四人のパピストは丸坊主に剃られ、はげしい拷問のためにたいそうやつれてみじめな姿で、政治的野心など微塵にも感じられませんでした。宣教師たちはイエズス会の名誉挽回のためにも、ころんでしまったパピストに目を覚ましてもらいたい一心で、危険を顧みずに日本にやってきたのが真実だと思います。

私はプロテスタントの信徒です。おなじキリスト教徒でありながら、この違いに戸惑いました。宣教はおろか棄教者に対して命を賭して立ち返りをうながすことなど、思いもおよびません。シウアンは自分のために命がけで来日したかれらに対し、こんな言葉を突き付けたのです。

「お前たちが狂信しているデウスの力はどこに見えるのか？　皇帝の権力の下でこれほ

ど苦しんでいるお前たちを、デウスはなぜ今助けないのか？」

ああ、これが三十年近くカトリック司祭だった、しかも日本イエズス会のトップにいた人のことばでしょうか？

数日前皇帝の寵臣である堀田殿の屋敷で、重い足枷のみじめなパピストたちを見ました。押し込められていた暗くて汚い穴も見せられました。水がいっぱい入った桶もありました。水責めに使うものでしょう。この人が犯した罪のために、かれらは生き地獄にあえいでいるのです。

私はシウアンの冷酷な物言いが、十字架に付けられたゼスス・キリストに向かって民衆が言い放った言葉とおなじであることに気づき、人の変節に鳥肌が立ちました。

年長者のパピストが低い声で言いました。

「七年前、私はマカオでイエズス会名簿から貴下の除名にサインした。すでにイエズス会士でない貴下が回心することはなかろうと知りながら、それでも万が一の望みを託して日本に入国し、予想どおり捕らわれの身となった。今こうしてわれわれが苦難にあるのも、貴下の罪の償いであることをわかっていて、そのようなことを言うのか！」

それに対してシウアンの放ったことばに私は耳を疑いました。

「私の立ち返りを促すことだけが、密入国する目的だったとでも言うのか」

こう言われたパピストの顔が一瞬引きつったことを、私は見逃しませんでした。

それでもパピストは聞こえなかったかのようにつづけました。

「あわれなクリストヴァン・フェレイラよ。だが私はこの場で貴下を侮辱することはしない。デウスの御旨でなければ、だれも人の尊厳を傷つけてはならないし、もし傷つければ魂の神聖さを得ることはできないと、知っているからだ。これだけは言っておこう。デウスはすべての罪人を招いておられることを、貴下は忘れている。浅はかなこころのままデウスに求めたり、デウスを棄てたりすることの罪ぶかさを、今一度思い知るがよい」

対話の内容を知らないふりしている私は、自分が叱責されたかのように呼吸が乱れました。木偶のように演じるのもひと苦労でした。シウアンがけわしい顔付きになったのは、弱々しくも信念あるパピストのことばが琴線に触れたのでしょうか、なにも言わずに出て行きました。デウスの御旨をうたがうことの冒瀆は、聖域をおかすことだと、棄教者も忘れてはいなかったようでした。

同席していた二人の日本人通事が、この宗論を理解できたかどうか疑問です。為政者に至っては、論争が外国語で争点もわからぬまま、ひと幕の芝居が下りた、というものでしょう。それにしてもかれらの入国が自分の翻意だけに非ず、と言っているシウアンはなにを知っていたというのでしょうか。イエズス会は日本での宣教活動の再開を探っていたのでしょうか。

ひとたび棄教した四人のパピストたちは女牢に入れられ、妻女と同棲することを強要されるとこれを拒み、ふたたび捕らわれの身となったそうです。かれらは十年前のシウアンとおなじ立場に置かれたのです。シウアンは予想していたかもしれません。

お上がわれわれをパピストたちと同席させたのは、かれらが日本でどういう扱いを受けているのか、われわれを通して全世界に知らしめるためだったと聞きました。パピストたちの悲惨な有様を、ことさらわれわれの前に晒すことで恐怖心を植えつけて、日本のキリシタン政策を喧伝させようとしたのです。

オランダ船は日本のどこにでも着岸できると、皇帝の祖父である元大君駿河様からお墨付きをもらっていたにもかかわらず、船長以下九人を尋問と称して長期にわたって拘束していたことに、そんな理由もあったとは……。

次の週シウアンがわれわれのところにやってきて
「予定より遅れたが、数日内に長崎に帰る。カピタン・エルセラックに手紙を書くのであれば自分が届けよう」

と言ってくれました。あとで知ったのですが、シウアンの帰省が遅れたのは、ふたりのパピストが立ち返ったので吟味の場に同席するよう命じられたとのことです。カピタンへ手紙を届けるとは好意ある申し出でしたが、行き違いになる恐れから取りやめになりました。シウアンとは互いに旅の安全を祈ってわかれました。イエズス会士と対決するような立場にならなければ、かれは良き隣人です。平時であれば学究の好々爺でいられたことでしょう。時代がかれの味方でなかった、と思うしかありません。

ベイルフェルトの話を聞きながら、いつか港近くで見かけたシウアンの姿を、思い浮かべていた。黒っぽい着物を身につけ剃髪した薬師の風体。お上の意を汲む「目明しシウアン」と蔑称され、どんな誹謗中傷にあっても生き延びる蛮勇の男だった。ポルトガル人やオランダ人の風評を書きとめ奉行所に報告していることも、われわれの心証をわるくしているが、それもこれもかれの生きる術に違いない。

ルビノ第二宣教団のパピストたちは度重なる拷問にたえていたが、ついには屈して全員がふたたび棄教したそうだ。

私は思い出した。いつか筑後守が私に、退屈しのぎにパピストたちをなぶりものにしていると、良心のかけらもなく得意げに吹聴していたことを。オランダにはどんな拷問があるのかを、聞かれるままに母国での刑罰の在り方を伝えたことを。これらが脳裏によみがえると、今さらのように虫唾がはしり、同調した自分をも嫌悪する。

筑後守が仕かけた女犯に陥り、罪の意識にさいなまれたパピストのひとりは、食を断って命をちぢめた。あたかもルシファー（堕天使）のごとく、たくみな手管で罪にいざなう日本人指導者のおそろしさに私は戦慄する。

地獄だ！　この世の地獄でかれらは生きている！　肉体は滅びずとも、魂は業火に焼き尽くされているのだ。拷問を耐えしのび殉教への道を歩む者は、魂の救済が一条の光となって慰められるだろう。だが、かれらにはそれがない。生き延びるためには、シウアンのように転向者になる道しかないのだ。

なんという試練をゴットは与えられたのか。

ゴットよ、かれらをあわれみたまえ。

祈りながら、あわれみを通り越して言いようのない怒りが込み上げてきた。

この国には「死」が至る所にひそんでいる。

生きていてはいけないのか？　生きたいと望んではいけないのか？

私の九年におよぶ日本での日々は、キリスト教徒に変わりないオランダ人にとっても、皇帝の恐怖治世であった。われわれは危ない綱渡りを強いられていた。オランダ・カピタンでいることは、名誉ではなく懲罰を受けているようなものだった。

日本の為政者相手に、時には阿諛追従を言い、屈辱的な交渉にも穏便にこなしてきた商人の矜持を忘れてはいない。だが、これらの神経戦にも疲れた。

この国に留まれば、地獄にも慣れて保身のため、私は無難に立ちふるまうことだろう。それによって良心は摩滅し、人面をかぶった獣に成り下がることがおそろしい。

地獄のようなこの国から一日も早くはなれ、悪夢のような記憶が消え去っていくことが、私に残された唯一の希望だった。

第六章　澤野加恵の回想　其ノ弐

一

今思いかえしてみますと、忠庵どのと共に暮らすようになったその年ほど、折々の移ろいが駆けぬけていった年はございませんでした。人のこころを置きざりにしても、季節は自然の理(ことわり)に忠実でありました。母体は荒波にもまれようと、お腹の胎児はすくすくと育ち、月が満ちて元気な産声をあげました。

「忠庵どのが父親になったのか、ふふっ…、それは上々」

今村さまが嘲笑を含んだ声でふれまわるようにして、やってこられました。

お奉行さまが足を運ぶような家格ではありませんのに、いらしたのはことばとは裏腹の、鼻で笑うような口元からも察しがつく、要するに興味本位だったのでございましょう。

地位は高くても、この方の心根は小人なのだと思われました。中間に祝いの品をもってこさせると、赤児の顔をじっとのぞき込んだ後、顔をあげられてこうおっしゃったのです。

「待望の男児じゃ。忠庵どのの一字をとって忠二郎と名づけるがよかろう」

不思議なことに赤児の臀部には東洋人特有の青色の斑紋（蒙古斑）がなかったのです。灰色がかった瞳の色もわたくしを困惑させました。

今村さまは産着をめくるようなことはなさいませんでしたが、赤児が丸々として月足らずでないことは、おわかりになられたはず。けれど、そのひと言で息子は忠庵どのの実子となってしまいました。わたくしたちが否定できないことを承知の上で……。

バテレンが娶ったぞ！　と囃したてた群衆は、今度はバテレンが子どもをもうけたぞ！　と、下卑た言葉であざけります。忠庵どのはどんな思いでこの恥辱にたえておいでか。

（いいえ、息子は月満ちて生まれた亡夫の子ども……）

そんな言葉に、だれが耳にとめるでしょう。忠庵どのが受ける痛手と敗北感。それを目の当たりにするキリシタンたちの失望――これこそお上が結婚を強いた最大の目的だったのでございます。人びとの嘲笑が耳にとどくたび、胸はふさがります。

その頃には得体の知れないキリシタンと思っていた忠庵どのに、言い知れぬ信頼をよせるようになっておりましたから。身重の時から、また産後間もないわたくしの身体を気づかって家事を手伝い、時には薬を煎じてくれる……。亡くなった前夫にも見られなかったあの方の人情味に、次第にほだされていったのかもしれません。

信じていただけないかもしれませんが、わたくしたちは夫婦の契りを結んだことはありません。望まない結婚に逆らって、貞節を守ったわけでもございません。

お互い疵をもつ者同士、「同病相憐れむ」の類でしょうか。性愛というものではありませんでしたが、歳月を共に過ごしていくうちに、共通の難題に立ち向かう同志のような、親愛の情が生まれていったとしか言いようがありません。わたくしたちは死別の時まで父娘のような間柄でした。人がどう思おうと、世の中にはそんな絆で結ばれている夫婦もいるのでございます。

いわれのない誹謗中傷には悲しくなり、かれらの前に進みでて、真実を吐露したい衝動にかられたこともございます。そんな時、わたくしの胸中を察した忠庵どのは言われました。

「加恵さん、真実はわたしたちと……天が知っています」

天？　天とは？　言いよどんだ言葉をうち消すように、あの方はこうつづけました。

「それでよいではありませんか。壽も忠二郎もわたしたちの子どもです」

置かれた立場に甘んじる忠庵どのへの感謝、同時にこころ無い人びとに対して、言いようのない怒りをおぼえずにはいられませんでした。

お上に強いられた結婚生活は、貧しい暮らしぶりでしたが、この境遇を不仕合せと思ったことはございません。尊敬できる方が側にいて、子どもたちと一緒に暮らせる仕合せは、なにものにも代えがたいものでした。

忠二郎が生まれる少し前から、忠庵どのは奉行所に通うようになりました。キリシタン吟味や通事の仕事に加えて、南蛮国からもちこまれた書物の翻訳などでいただく報酬が、日々の生活の糧となりました。

通いはじめの頃は、道中さぞ好奇な目に晒されていたことでしょう。家人にはおくびにも出しませんでしたが、石を投げつけられたような跡が額や腕にあざとなって残り、なかなか消えませんでした。ころびバテレンに失望したキリシタンが、怒りにまかせてこのような仕打ちをするのかと思っておりましたが、つぶて打ちは非キリシタンの仕業だったと、のちに知りました。

人は風聞だけで蛇とも鬼ともなれるものなのですね。かれらの邪念がそうさせたのでしょうか、忠庵どのは時折、悪夢にうなされることがありました。

あれはお宮日祭りがあった晩、喧騒の余韻もとだえた真夜中のことでした。せまい家でのこと、襖一枚へだてたとなりの部屋から、苦しそうな様子が伝わってきて目がさめました。しばらくすると「ペルドン」という大きな声がして、思わずはね起きました。

前の日の夕べ、忠庵どのはどこか物思いに沈んでいて、わたくしと子どもたちがお祭りから戻ってきたことにも気づかなかったほどでした。留守中にどなたか人が見えたのでしょう。それも「ペルドン」などという聞きなれないうわごとでしたので、客人はお国の人だったのかも知れません。

わたくしは襖をあけて忠庵どのに声をかけました。眉間に浮かぶ大粒の寝汗を布でぬぐっておりますと、それに気づいたあの方はあえぐように、

「かまわないでください」

と、言われたのです。遠慮されているのかとも思い、世話をつづけたのですが、かまわないでほしいとは、本心からの言葉だったとわかるようになりました。

平素は心の迷いをふりはらったように見えても、うなされる原因は口にするのもおぞましい穴吊るしが夢のなかで再現されていたのか？　棄教した罪の重さに苛まれていたのか？　あるいはその頃取り組んでいた仕事を、引き受けた後悔におそわれていたのか？　いずれにしましてもわたくしの手助けなど、なんの役に立ちましょうか。

むしろ役立ってはならず、それを拒むことであの方はみずから責めを負っていたのではないかと、思われるのでございます。お仕着せの家族はあっても、心底寄る辺のない身の上。世捨て人のようなふかい孤独感はだれにも共有されず、自分と折り合いをつけるように生きていらしたのです。

傍にいながらわたくしは自分の無力を思い知らされ、いたずらに夜明けを待つばかりでございました。朝になって普段と変わらぬ忠庵どのの様子に、胸をなでおろしたものです。危険をはらむ宣教活動が長いことつづけば、慢性の睡眠不足も考えられます。時に悪夢にうなされても、追っ手を警戒しないでいられる寝床は、唯一安らぐ居場所だったことでしょう。はじめて家に来られたあの方が、死んだように眠りこけていた姿は、今でもよく覚えております。人は生まれかわるためになん度も死を体験し、天に召されるまで進化するものなのでしょう。

二

棄教してから三年目、忠庵どのは奉行所からの命令で、棄教に至るまでの半生とキリスト教と決別する告白文の執筆を命じられました。日本語の話し言葉に不自由はなくても書くことが不得手な忠庵どのは、音の表記を蛮字（ローマ字）で表わし、それを儒学者の方が漢文に編纂されました。

『顕偽録』と表題が付いた著述をおえると、それを葬るかのように天文書や医学書を繙くことに没頭しておりました。そんな姿を目の当たりにして、まだ忠庵どのと出会う前、巷で耳にした雀たちの噂話が思い出されました。

「あのバテレンは穴に吊るされている最中に、ころぶ合図をしてみとめてほしいことがあるって、申し出たそうだよ」

「ころぶ条件を出したってことか？　一体どんな？」

「さぁ、でもすぐにお上がみとめたくらいだから、大したことではあるまいよ。奴にとっては重要なことであっても……」

その時は気に留めておりませんでしたが、たまさかの縁で忠庵どのと一緒になってからふと思い出され、あの話は本当だったのかもしれない、と思うようになりました。

逃避行のような宣教活動の連続で、学問にいそしむ時間などなかったことでしょう。ころぶ条件が学ぶ機会を与えてもらいたい、ということであれば納得できるのです。それほどあの方は学究の徒でいらっしゃいました。

それでもその合間には、

「子どもと一緒にいると、こころがなごみます」

と言いながら、子どもたちの相手をしてくれました。壽は忠庵どのを実の父親のように慕い、ふたりでしばしば散歩にも出かけます。

そのうち壽は聞いたことのない外つ国の歌を口ずさむようになりました。

♪　シャローム　ハヴェリム　　シャローム　ハヴェリム
シャローム　　シャローム
レ　ヒットラオ　　レ　ヒットラオ
シャローム　　シャローム　♪

「かわった歌ね、どこでおぼえたの？」

わたくしの問いに壽はにっこりして言いました。

「おとうさまが歌っていたのを聞いておぼえたの」

「そお？　おとうさまが……。それで、歌の意味は知っているの？」

「ううん、知らないけど、いい歌でしょ」

「ええ、いい歌ね。でも、お外では歌わないほうがいいわ。それとお家にお客さまが見えた時もね」

壽はえっ！　という表情でわたくしを見上げましたが、なにかを察したらしく黙ってうなずきました。その歌に耳をかたむけてみますと、どこかもの悲しい旋律で、子どもが好むような歌とも思えませんでしたが、人がしないような苦労をしてきた壽のこと、琴線にふれるものがあったのでしょう。

後日、忠庵どのにこれを伝えますと、少しおどろかれたようでした。

「壽が歌っていたのですか?」

「はい、壽はこの歌が好きなようです。これはポルトガルの歌ですか? それともキリシタンの……?」

「ポルトガルでもキリシタンの歌でもありません」

「では、どちらの?」

「ユダヤの民謡です」

わかれ往く友に、また会う日までさようなら、というたわいない民謡だとわかり、安心しました。ご禁制のキリシタンの歌でなければよかったのです。その時忠庵どのは、

「わたしはユダヤ教徒の末裔です」

と、つぶやかれました。それがどういう意味をもつのか、ユダヤとは国を指すのか、ユダヤ人を総称するのか、私は知る由もございませんでした。

「たとえすべてのものを奪われたとしても、耳と耳との間にあるものは奪われない」

忠庵どのがよく口にしていた文言がユダヤの格言だったと、その時知りました。耳と耳との

間にあるのは頭。その頭のなかにある知識は、いかなる権力が奪おうとしても奪われることはなく、学問で得た知識は不滅の財産である、というもの。あの方が学問に貪欲であったのも、そんなところからきているのかもしれません。

十六歳で入会したイエズス会の宣教師育成には、数学や天文学、医学の習得はもちろんのこと、様々な実習が義務づけられていたそうです。病院での奉仕に一か月、劣悪な食事や寝具に慣れるために所持金をもたない巡礼を一か月、これには物乞いも含まれていると聞き、その厳しさにおどろきました。青年期に培われた旺盛な知識欲や見識、胆力が、一生を通して忠庵どのの活力の源になっているのでしょう。

キリシタン禁教令公布（施行）から宣教師たちがマカオ、マニラに追放されるまで京都で過ごした二年間は、忠庵どのにとってヨーロッパ最新の科学事情や天文学の研究成果を学ぶことができた、短くも、もっとも良き時代だったのかもしれません。

イエズス会は忠庵どのが入会する前から聖職者の医療行為を封じ、医術や書物を使うことも禁じていたそうでございます。宣教師育成の時に学んだことを基にして、独学に励んだと思われる忠庵どのの下には、医術の指導を願う若者が集まってきていたのです。

「禁じられていた医術を、忠庵どのはどのようにご自分のものに……」

わたくしの問いに、忠庵どのはいつになく饒舌でした。

「医術にたずさわることはできなくても、潜伏中の宣教師は金創（切り傷）の手当や薬の処方など、自分のためだけでなく匿ってくれる信徒のためにも、心得ていなければなりません。傷にはどういう処方があるのか、火傷にはどういった処置が有効か、どの薬草がなにに効くのか、実学で学びました。会計係だった時は、本国から送られてくる医薬品や薬用油を分配する役目も担っていましたから、知識は人一倍必要だったのです」

そこではじめて自分の家族のことを語りました。

「私の父親は理髪師でした。ポルトガルの理髪師は瀉血（静脈に傷をつけて血を採る）を行なう外科医でもあるのです。父の仕事は子どもの頃から見なれていたので、自分もそうなるのだと思っていました」

ああ、故国をはなれずにいたら、見様見真似でなれ親しんできた外科の仕事を全うしたかもしれず、不名誉なころび者にもならずにすんだものを……。

手のなかにあるささやかな日常の仕合せに目もくれず、大志を抱いて万里の波濤を越え日本にやって来て、宣教に明け暮れするもついには捕えられ、瀕死の状態から棄教して南蛮医学の先達となられたとは、なんという運命なのでしょうか。

栗崎道喜さまの南蛮仕込みの外科技術は忠庵どのと通じるものがあり、お互いに切磋琢磨したことも、オランダ商館医の方からたびたび最新の医術を学ぶことができたことも、幸運でございました。どんなに悪評をたてられようとも忠庵どのの学ぶよろこびは、それらをしのぐ本懐であったに違いありません。

「知識は財産である」という格言と同時にあの方がもうひとつ、よく口にしていた文言がありました。

「人は行為を約束することはできても、こころを約束することはできない」というもの。

約束というしばりはこころには通用しない、と言いたかったのでしょうか。思えばこれこそが忠庵どのの信仰告白かもしれません。約束とは人と人との契約。「信仰していない」ことを、ことばや署名などで人に伝えられても、こころのなかの信仰は人にはわからず、約束したところで人は形でしか判断できないのです。

キリシタンに棄教をせまるお上も、こころのうちまで踏み込むことはできないとわかっていたことでしょう。こころのうちはどうであれ、キリシタンが表向き棄教して為政者の面子がたもてるのなら、キリシタンは放免されたのかもしれないと思うのは、浅はかな了見でしょうか。

殉教者のように裏表のない猜疑心のない生き方は、うやまわれるでしょうが、真逆の生き方をえらんだ忠庵どのは、棄教したがゆえの罵詈雑言にたえ、真意をこころのなかに封じ込めたのでございましょう。身柄を拘束されて本意でないことを言わされても、こころの自由まではおかされてはいないと……。そう、忠庵どのは自由でありつづけました。穴吊るしに処され生きるか死ぬかの岐路で、みずからの意思で生きることを選び取ったのです。

自分はユダヤ教徒の末裔であると、あの方は言われました。西洋社会の知識をもたないわたくしに問わず語りのようにつづけたのは、迫害されたユダヤ教徒は祖先からつづく信仰をかくし、表向きはキリスト教徒となって生き長らえたこと。そのユダヤの血が脈々として自分には流れているのだ——と。

若くして宣教師をこころざした忠庵どのは、捕まりさえしなければ迷いのない宣教活動を送っていたことでしょう。けれど捕らえられた時、あの方の頭の隅には祖先たちが彷彿として、自分にはユダヤの血が流れている、と自覚されたのではないでしょうか。

殉教は祖先たちが選んだ生き方ではない。天に召されるまで生きつづけることこそ、天の御意にかなった人の在り方である——と。

三

忠庵どのは捕らわれるまでどこに潜伏していたのか、というお尋ねですか?

脈絡のない問わず語りで、知り得たことしかお話しできませぬが……。畿内から北陸方面、長崎から海を隔てた天草諸島へと、潜伏と巡回を繰り返しながらの宣教活動でありました。

大坂では隠れ家を提供する武家のお屋敷で、忠庵どのは殉教の目撃者から聞き書きした記録を、マカオに送っていたそうですが、キリシタンであったその武家一家は宣教師たちを匿った咎で捕えられ、殉教されたと伺いました。

天草諸島の北端・大矢野島は、かつてはキリシタン大名小西行長さまの領地、かの天草四郎さまの生地でもあります。後年勃発した一揆への参加者のうち、忠庵どのが洗礼を授けた人びともいて、かれらは廃墟となった城を枕にして命を落としました。一揆側の悲惨な最期を知った忠庵どのの暗い顔と打ち沈んだ様子には、どんな声掛けも空しいものでした。

天草ではキリシタン寺という通り名のある禅寺が、イエズス会士の拠点となっていましたが、そこで人徳ある住職さまの度量のふかさ、慈悲ぶかさに触れたことは、忠庵どのが禅宗に惹かれた一因かもしれません。

デウスさまのはからいは如何なるものか問うこともかないませぬが、忠庵どのは、前年口之津で亡くなられた恩師のコウロス神父さまを弔うため、向かいの島原半島にわたったところで捕縛されてしまいました。二十年におよぶ逃避行の幕切れでした。

大坂でも天草でも匿ってくれた人びとへの気遣いは、当然のことながら並々ならぬもので、捕縛された時もう迷惑を掛けないで済む、とあるまじき安堵をおぼえたというのですから、いわんや密告者への恨み言など口にする筈もございませんでした。

あの方が持つ天性の語学力は、潜伏時には助けとなりましたが、時として自分の傷口に塩をすりこむような役回りにもなりました。

寛永十四年（一六三七）ドミニコ会の宣教師五人が、捕縛先の琉球から長崎に護送された時、かれらの通事と吟味を命じられました。棄教後はじめての宣教師の吟味は、後藤了順さまと荒木了伯さまがいらしたことで、あの方はほとんど話すことなく終わったそうですが……。

寛永十九年（一六四二）には、つらい体験が待っておりました。

イエズス会の巡察師ルビノ師を筆頭に八人の宣教師たちが、薩摩の下甑島(しもこしきしま)から長崎に連行されました。忠庵どのを回心させるために結成された第一宣教団は、バテレンの入国を阻むお上のきびしい水際作戦で、上陸から二日後には捕縛されてしまったのです。目的を遂行するためには禁をおかすことも厭わない、という不退転のかれらの吟味を、忠庵どのは奉行所から命じられました。

奉行所の方々は忠庵どのがいかにして宣教師の面々と対峙するのか、興味津々で見物していたのでございましょう。見世物になるのも承知の上で、忠庵どのは奉行所へと重い足をはこびました。事の次第を知らせてきた者の話では、評定所で忠庵どのはかれらから罵倒され、いたたまれなくなったのかその場をはなれたそうでございます。対面はもうひとつの拷問。お役人たちの冷笑のなかを背をまるめてすごすごと退出した胸中を察すると、こころは痛みます。帰宅した忠庵どのと、まともに目を合わせることはできませんでした。

その後宣教師たちは水責め、穴吊るしにあい、殉教していきました。かれらの悲惨な最期を知るにつけ、

（忠庵どのの立ち返りを求めて宣教師を送り込むことは、お慈悲をもってご放念くだされ。これ以上殺生なことをひきおこさないためにも）

と、見えぬ姿のイエズス会の人びとに心底祈っておりましたが……そんな願いは届かず、その翌年にはおなじ目的で密入国した第二宣教団の十人もまた、筑前の大島で捕縛されてしまいました。

再三吟味のお役目がまわってきましたが、その時は江戸に召喚されるかれらに同行するよう命じられ、忠庵どのはしばらく長崎をはなれることになりました。

折も折、陸奥国の三陸海岸・山田浦に漂着したオランダ船プレスケンス号の吟味もあって、江戸では老中や大目付、オランダ人の衆目のなかで、忠庵どのは宣教師たちと宗教問答をたたかわしたそうでございます。どんな内容が話されたのか、想像することもできませんが、とどのつまり宣教師たちは全員棄教した、とうかがいました。忠庵どのの説得によるものだったの

でしょうか？

二年つづきでかつての朋輩たちと宗論したことで、忠庵どのはいよいよキリスト教と決別されたのだと思います。その見返りのように江戸在住中にゆるされたのが、オランダ商館医との接触でした。

ポルトガル国とオランダ国の確執は仄聞しておりますが、忠庵どのは日本に帰化した身の上。オランダの人びとの思惑は存じませんが、忠庵どのにとって商館医との出会いは大きな喜びだったに違いありません。そして評判を聞きつけて馳せ参じた医学生たちとの出会いは、デウスさまのお情けだったのでしょうか。キリシタンでないわたくしにでも、そんな思いがよぎりました。

外科医をこころざす杉本忠恵元政どのが、江戸から帰省する忠庵どのに同行して、はじめてわが家にきた日のことはよくおぼえております。忠庵どのが世間から白眼視されていることなど歯牙にもかけない屈託のない様子に、この青年はあの方の前身を知らないでいるのかと、訝ったほどでした。

「杉本忠恵元政と申します。このたび忠庵先生のもとで学ぶ僥倖にあずかりました。先生にはぜひ南蛮医学の真髄を伝授していただきたい、と押しかけてまいりました。若輩者ですが、よろしくお頼み申し上げます」

明朗さわやかな好青年でありました。

忠庵どのを恩師と仰ぐ元政どのの一途な思いは、あの方のこころの闇に一灯をともしたことでしょう。忠庵どのの口述を熱心に書き留め、時には一緒に築島のオランダ商館の医務官をたずねる青年……。かれを見つめる壽の表情に女親の勘がはたらきました。

数年後、前世からの約束事のように、ふたりは夫婦になりました。

これは天からの贈りもの。すべてを司る、目には見えないものにわたくしはこうべを垂れ、手を合わせたものです。理不尽のうちに実父を殺され、ころびバテレンの継子となった壽は、好奇な目にさらされる辛酸をなめました。けれど良き伴侶を得た時、苦労の意味はこういうことだったのかと、すべてが「諒」となりました。

忠庵どのの喜び方もひとしおで、口には出しませんでしたが、あんなにうれしそうな顔を見たのははじめてでした。小さい命の誕生まで生きていてほしかったと、孫をあやすたび、是非も無いことを思い巡らすのでございます。

四

忠庵どのの最期は？　というお尋ねにもやはりお答えしなければなりませんね。つらいことですが……。

秋の台風が長崎を直撃したのは、亡くなるひと月前のことでした。例年にも増して風雨がつよく、築島のオランダ商館は倉庫を開いて浸水を防いだようでしたが、南側は全壊し、建物の一部は流されるなど甚大な被害をこうむりました。その時流された荷物のなかにキリシタン遺物が見つかり、その照会を依頼され応じたのが、あの方の最後のお勤めとなりました。

突然おとずれた永訣でしたが、忠庵どのは死期を悟っていたのかもしれません。

「この頃、おとうさまが小さくなられたように思うけど、大丈夫かしら。顔色も優れないし……」

壽のことばに、そういえばいつも瞳の奥にたたえていた静かな炎が、いつしか柔和な目になっている、と思い当たるふしもあったのです。

前の晩すこし胸が痛むから早く休む、と忠庵どのは言われて床につきましたが、翌朝いつもの時間を過ぎても起きてこられませんでした。昔、丸一日近く眠りつづけていたことを思い出し、時々様子を見ておりましたが、忠二郎の奇声で異変を知りました。

忠庵どのは布団のなかで息絶えていたのでございます。あの時と違って目覚めることはなく、おどろきで声もでませんでした。

波乱に満ちた人生とは思えぬ、おだやかな死に顔でした。すべてのものから解放され、ようやく到達したやすらかな表情は、家人のなぐさめになりました。傍にいながらなんの術も持たなかったわたくしの自責の念を、あの方はやわらげてくれました。

駆けつけた元政どのの見立てでは、心の臓の筋肉に血栓ができて血液が流れなくなったのだろう、ということでした。

世間には「忠庵は立ち返ったらしい。そのために穴吊るしにふたたびかかって殉教したのだ」という噂も飛び交ったようですが、忠庵どのは無言のうちにわたくしどもの傍で、謎多き人生を閉じたのでございます。

忠庵どのの他界は、婿どのにとって身近な目標を失うことにもなりました。

翌年には忠二郎が夭逝、その直後に家禄を失うなど、呆然自失となっていたわたくしに代わって、婿どのは妻の実家に次々と起こる難題を矢面に立って取り計らってくれました。

孫の元真の誕生でわたくしが気鬱から解放され、ようやく日常の落ち着きをとり戻すことができたのも、すべて元政どののお蔭でした。

その頃からでしょうか、かれは次なる高みを求めて江戸行きを考えはじめていたようでした。かつて住み慣れた江戸は、今や年若い公方さまが君臨する時代の先端をゆく土地柄。そこで医術をみとめられる——有能な青年が思い描く将来の設計図に、自分の存在が影を落としているのでは、と遅まきながら気づきました。

夢は見るものではなく手を伸ばしてつかみ取るもの。婿どのの夢をさまたげていた自分の業のふかさを思い知りました。壽には母を心配しないで、元政どのに羽ばたいてほしいと申しました。壽はおどろいたように目を見張り、幼いころ見せたそのままの顔をわたくしに向け、あの時とおなじようにうなずきました。

そんなある日、元政どのは長崎奉行の黒川さまとお会いする機会があり、そこで江戸行きの希望をあかしたそうです。黒川さまは笑みをうかべながら、

「江戸は日進月歩の町。そちがいた頃と比べて数段の発展におどろくじゃろう。向学心のある若人が集まるところゆえ、よい刺激を受けようぞ。南町奉行の神尾殿を訪ねるがよい。十数年前まで長崎奉行だったから、そちの事情もわかっておられる筈。江戸で先ずはこれまでのように町医者として成功することじゃ。地道につとめて評判が高まれば、道は開かれてくるというもの」

そうおっしゃったそうで、ありがたくも紹介状をしたためてくださいました。忠庵どのとの結婚を強いられた昔日を思いおこせば、このようにお奉行さまに感謝する日がくるとは思いも寄らないことでございました。

元政どのは江戸在住の叔父御・杉本忠悦どのに事の次第を文にしたため、一家の落ち着き先を見つけてくれるよう依頼しました。

ところがその直後、江戸の町は未曽有の災害に見舞われてしまったのでございます。明暦三年（一六五七）、のちに「振袖火事」と呼ばれた大火は、江戸市中の大半を焼き尽くしたと言われる程の大惨事。叔父一家の安否が気遣われました。

数か月後、忠悦どのから息災を知らせる文が届きました。江戸は少しずつ復興していて日本橋本町近くに手頃な借家を見つけた、怪我人が多く外科医が足りないので、早々の江戸入りをすすめる――そんな内容だったそうでございます。

叔父一家の人びとは、会ったことのない私にもこころ強い存在でした。

引っ越しの準備を終えた元政どのは、あらたまった様子でわたくしの前にきて、居住まいを正しました。

「それがしのわがままをお聞き入れいただき、かたじけなく存じます。江戸で精一杯精進いたします。その上でまことに勝手なお願いではありますが、いずれ江戸での生活が落ち着きましたら、忠庵先生のお墓を移すこと、おゆるしいただきたいのです。先生は終生の恩人。お墓は子々孫々末代まで、大切にお守りすることをお約束いたします」

思いがけない申し出で戸惑いましたが、ひとり娘が長崎をはなれるとあれば、いずれわたくしの死後の墓守を考えなければならず、婿どのの申し出はありがたいものでありました。それほどまで慕われた忠庵どのは、なんと仕合せ者なのでしょう。

「生国伊豆に眠る両親のお墓も、その時一緒に移転するつもりでいる」と言う孝心のあつい元政どのだからこそ、妻の継父であった忠庵どのに、このような心根を持たれるのでしょう。江戸で骨を埋めるつよい覚悟も知りました。

娘夫婦はわたくしも一緒にと、しきりに誘ってくれましたが、復興なかばの江戸で若い人たちの足手まといになる恐れから、遠慮いたしました。まだ先の話です。その時が来るまで長崎で忠庵どのと忠二郎のお墓を、わたくしが守ってまいりましょう。

暑さがやわらいでしのぎやすくなった時節、娘一家は江戸に旅立ちました。

「元政さまが成功したら、おかあさまも江戸にいらしてね、きっとよ」

長崎街道の入り口で別れを惜しむ壽の声が、あのシャロームの唄とともに耳の奥に……。日増しに少年時代の忠二郎に似てきた元真の姿が瞼に焼きついて、思い出すたびに目頭が熱くなってくるのでございます。

齢七十、忠庵どのは人生を全うされましたが、忠二郎はこれから自分の人生を切り開くという時に、召されてしまいました。生まれた時から忠庵殿と一緒にくらしていた忠二郎は、忠庵どのが広げる卵型の地球図に興味を示し、空や海に目を向ける天体好きの少年に育ちました。二人の会話が思い出されます。

「私はポルトガルから東に向かって航海して日本に来ました。イスパニア人は西に向かって航海して日本に来ました」

「反対の方向なのに、おなじ日本に着くのですか？」

「そうです。反対の方向に進んでいても、やがて出会うのです。なぜだかわかりますか？」

「それは……もしかしたら地球は円いってことですか？　寺子屋では天は円くて、地上は四角でその果ては崖のようになっている、って習いましたけど……」

「地球が球体であることは、船乗りは体験から知っています。港を出た船から陸を眺めていると、だんだん港や山々がかくれて、しまいには見えなくなってしまうのです」

「わぁ、船に乗って遠くに行ってみたいなぁ！」

「それに忠二郎、信じられないかもしれないが、地球は自転していて、日輪の周りを公転しているのです」

わたくしには地球の自転も公転もわかりませんでしたが、忠二郎は目を丸くして忠庵どのの話に聞き入っていたものです。港に出かけては船をながめて、いつしか航海士を目指すようになりました。天体を観測すれば船の位置も測定できるそうで、『元和航海書』を精読し、希望に胸をはずませておりましたのに……。

忠庵どのが亡くなる数か月前、完成した書物（数年後『乾坤弁説（けんこんべんせつ）』の表題がつく）は、先のルビノ宣教団の方が持っていらした天文書を翻訳し、蛮字に書き記したもので、蛮字を忠庵どのから習っていた忠二郎は、それを丹念に読んでおりました。

「おとうさまと一緒に航海に出たかった」

と、忠庵どのの亡骸に突っ伏して泣いていた忠二郎でした。そんなかれを不憫に思われたのか、あの方は新盆の時迎えに来てしまわれました。

忠二郎はまこと忠庵どのの子どもでありました。

おなじその年に亡くなられた栗崎道喜さま、数年前亡くなられた後藤了順さまも皓臺寺の墓地に眠っておられます。了順さまの告発を、忠庵どのは感謝していたかもしれません。お上へのささやかな抵抗を、伝えてくださったのですから……。

今頃彼岸で、かれらはどんな談議に花を咲かせていることでしょうか。

天体や医事、宗教も、だれにはばかることなく、心情を吐露しているのであれば――、忠庵どの、今は仕合せだと思っていてよろしゅうございますね。

いろいろ出過ぎたことを申しました。

棄教の動機は忠庵どの本人でなければわからないこと。いぇ、もしかしたら本人でさえ説明がつかないことなのかもしれません。人は時として、自分でも意外な、なにかしらにつき動かされたような行動をとるものですから……。

わたくしのことですか?

自分の巡り合わせをどう思っているのか、とおっしゃるのですね。凡庸なわたくしがこのような巡り合わせになるとは、だれが予想していたでしょうか。

まみえたふたりの夫は揃いもそろって異邦人、しかもそれぞれがお上の御用となった因果な身の上は、拠り所をうしなった河原者にも似ていましょう。

いつの頃からか、河原に自分の居場所があるのではないかと、思うようになりました。世の中の穢れが行きつく、最終の地である河原に、なぜかほっとする自分に気づくのです。河原者の安穏、とでも申しましょうか。

冥途にわたる三途の川の手前では、逆縁の子どもが親をあわれみ、鬼に邪魔されながらも賽(小石)を積みあげるそうです。忠二郎がそこにいるのなら、この母の魂も賽の河原にとどまって、報われない所業に明け暮れることも厭いません。

思い違いなさらないでくださいまし。

世を儚むのでもなく、厭世でもなく、ましてやうらんでいるのでもないのです。だれも望まない損な役まわりでも、人の世に欠かせないお役目ならば、すすんで河原者にもなりましょう、という心根なのでございます。

大それたことを申せば、キリシタンの救い主と言われるゼススというお方は、処刑のなかでも一番卑しめられた磔にあって亡くなられたとか……。その意義を知ることはかないませぬが、おこがましくも河原者に通じるような気がするのでございます。

昔のわたくしでしたら、河原者への思いは偽善ごと、負け犬の遠吠え、などと思っていたかもしれません。けれど忠庵どののお傍で長いこと暮らすなかで気づきました。

だれも望まない損な役まわりにこそ、天のふかいはからいがあり、そのはからいは、どんな英知もおよぶものではないということを――。

あの方に感化されたのかもしれません。これがキリシタンの心得である、と。

ご禁制の世にあってはキリシタンの心得と言わずとも、人生訓とよべるものではないかと思っておりますが、両者にどれほどの違いがあるのでしょうか?

忠庵どのにお聞きしておけばよかったと思われることの多さに、今さらながら臍をかむ思いでおります。

いつかふたたびお傍に行く日がきたら、その時はためらわずに胸をうちをお聞きしたいと、詮無いことばかり思いめぐらせているのでございます。

第七章　杉本忠恵の述懐

一

長崎から飛脚が届いた。壽の母、澤野加恵殿の重篤を知らせるものだった。

加恵殿の舎弟弦二郎殿のたよりには、

「以前から姉は腹に鈍痛があったようだが、最近では食欲もなく、床についていることが多い。薬師の触診で腫瘍がみとめられ、衰弱は悪性の公算が大きいとのこと。姉からは娘夫婦には伏せておいてほしいと言われているが、首を傾げる薬師の様子から、知らせた方がいいと判断した」と、ある。

日に日に弱ってゆく加恵殿の意識が確かなうちに、という言外は見過ごせない。

老衰にはまだ早い加恵殿の症状は、私が近くにいたならば快復の足しになっただろうか。いや、私より忠庵先生がいたら、南蛮外科医の威信にかけて蝕む腫瘍をわけなく取り除いたであろうに……。なぜもっと早く、わずかな異変のうちに知らせてくれなかったのか。

長崎街道の入り口で別れてから八年近い歳月がたっている。

三年前、長崎の町は大火事に見舞われた。狂人による放火と聞いたが、六十か町のうち焼け残ったのはわずか三か町だったという。火事のひと月後、私は縁者や知人を見舞うため長崎を訪れた。その時の義母は、辛うじて焼け残った縁者宅に身を寄せていたが、体調をくずしているとは思えず、近々ひとり暮らしをまたはじめると言っていた。

江戸行きを誘ったが、住み慣れた長崎をはなれたくないのか首を横に振り、その気丈さを頼もしく思い、帰途についたのだが……。

江戸での仕事は順調にすすみ、町医者では漢方医が大勢を占めるなかで、日本橋界隈で杉本の名は、南蛮流外科医として名が通るようになっている。金創医は戦乱の世に比べれば需要も少ないのだが、喧嘩っ早い江戸っ子気質が仕事繁盛の一翼を担っている。

江戸入り当初は明暦の大火の翌年でもあり、なにかと叔父夫婦を頼りにしたが、今では壽も元真も江戸の暮らしにすっかり馴染み、生意気盛りの元真は友人を江戸っ子弁で論破する。生活にゆとりができると長崎の義母のことが気になり、つい数日前のこと、迎えに行こうと夫婦で話し合っていたので、重篤の知らせは衝撃だった。

壽はすぐにでも長崎にとんでゆく勢いで荷造りをし、私は信頼する手代に道中の護衛を言い含めた。留守中の諸々に段取りをつけ旅支度を終えた壽が、明日は出発という矢先、早飛脚が届いた。加恵殿は十五日程前に亡くなったようだ。

「だからあの時、一緒に来てほしかったのに……」

長崎大火の時のことを言っているのだろう、壽はその場にへたりこんで泣き崩れた。

その姿は、近々若い将軍への謁見が予定され年甲斐もなく浮ついていた私に、冷や水を浴びせた。

(人の生き死により大事なことがありましょうか?)

壽の声なき叫びが聞こえるようだった。

未亡人になってまもなくころびバテレンとの結婚を強いられ、その再婚相手を亡くした翌年には、息子にも先立たれた悲運つづきの義母にとって、壽は唯一の寄る辺。数奇な運命を共にたどった娘を、私は遠くはなれた江戸に連れて来てしまったのだ。

義母のこころ細さに、私はなぜもっと寄り添うことができなかったのか。

「わたくしのことは心配しないで」

そんな言葉に甘えて義母を長崎に残してきてしまった私を、壽は恨めしく思っていたのかもしれない。あの時を逸しても、長崎大火のあと義母には懇切に説得を重ねて、江戸に連れてくるべきであった。

はじめてと言っていいほど、自分の強い意志で長崎行きを決めた壽は、時すでに遅かった、と悔いていたのか。私はなぐさめも謝りの言葉もかけられず、母親が幼子にするように、妻の背中を撫でながらこころのなかで詫びていた。


私の父は漢方医学の薬師だった。

生国伊豆の家の前には薬草がそこかしこに生い茂り、門前の小僧よろしくそれらの効能をそらんじていた。ひとり息子の定めとして家業を継ぐものと心得ていたが、生来血気盛んな気質は、次第に地味な漢方医より、切った張ったの金創外科医に惹かれていった。

当時血を穢れとする宗教観から血にふれる外科医を見下げる医者もいて、そのひとりだった父にはとても言えなかった。母の死から五年後父が亡くなり私は心機一転、故郷をはなれた。薬師で薬種店をいとなむ叔父の杉本忠悦殿をたよって、江戸に出てきたのは二十二歳の時である。

叔父の家に寄寓していた数年の間に、江戸はめまぐるしく変化した。各地からの転住者が年々増加し、それに伴って広い範囲で埋め立て工事が始終行なわれていた。あたらしい都は活気にあふれているも、私がめざす金創外科、それも南蛮流外科の先達はいなかった。

国交禁止が日毎に強化されている当世、長崎では西洋仕込みの最新の外科医術が行なわれていることを知った。さすがに唯一門戸がひらかれている土地柄のことはある。ぜひとも長崎に行って最新の外科を学びたいと願うも、伝手（つて）はない。叔父の漢方薬づくりを手伝い、代脈（見習い医師）をつとめながら、時がくるのを待った。

寛永二十年（一六四三）秋

「元政、耳寄りな話を聞いた。オランダ宿に南蛮外科の達人が投宿しているそうだ。元は南蛮人バテレンで、江戸には前にも来ていたらしい。日本語が達者だそうだから、会ってお前の思うところを伝えてみたらどうだろう。なにかしら道がひらけるかもしれん」

耳聡い叔父が、こんな情報を聞きつけてきた。

双親の死で後ろ盾を亡くした私を、実子のように気にかけてくれる叔父は、私が江戸で漢方を学びながら、こころは長崎に向いていることを知っていた。突然の朗報に、私は色めき立った。千載一遇の機会ではないか——。

オランダ宿とよばれる長崎屋は日本橋に近い本石町にあり、普段は薬種店だが二年前から将軍謁見のために参府するオランダ商館長一行の定宿になっている。

半月余りの滞在中、江戸っ子たちは長崎屋を取りかこみ、めずらしい西洋人をひと目見ようとするのだが、商務員たちが収容されている二階の格子戸の窓は、閉められたままが多く顔を拝めることは滅多になかった。オランダ人もまた、お上から市井の人びととの接触を禁じられていたそうだ。

敷居のたかい長崎屋だったが、どこで渡りをつけたものか叔父が宿主に掛け合って、幸いにも南蛮医と面会できるという。その南蛮医が澤野忠庵先生だった。

前身はきりしとあん・へれいら、という名のポルトガル人バテレンで、捕縛され棄教した当時は、日本イエズス会における最高責任者だったと聞いた。前代未聞の〈南蛮のころびバテレン〉として名を馳せたそうだが、キリシタンに縁がなかった私は、それがどれほど重い意味をもつものなのかも知らず、ただ南蛮外科の先達に教えを乞いたいという一心で、その日を迎えた。

あとでわかったことには、先生の江戸入りは長崎奉行配下の役人として、捕縛されたイエズス会宣教師たち（ルビノ第二宣教団）の吟味のためだった。十年前に棄教したへれいら師の立ち返りを願って、密入国したかれらの通事と吟味を、皮肉にもへれいら師＝忠庵先生自身に課せられていたのだ。

なんと機微にふれる、むずかしい扱いが求められていたのだろう。その詮議には、折から漂着したオランダ船の乗組員も同座していて、かれらに対する尋問も担っていた、とか。

長崎屋の一階には通事や商館医がいて、先生はそこへの出入りが許されていた。宿の番頭の手引きで、帰って来たばかりの先生に引き合わせてもらった。

初めて会った先生は、かつての仲間と宗論を戦わせた直後で、こころなしか土気色で、一見して日本人としてでも通るような風貌だった。異人が流暢な日本語をあやつり日本の着物に身をやつせば、風貌も日本人に似てくるものなのだろう。

異人らしからぬ風体に初対面の緊張がほぐれて、自分は本草学を学んでいるが本当に学びたいのは南蛮外科である、と意気込んで話しはじめた。身の上話にもおよび、亡父は先生と同名の「忠庵」で、これにも奇縁を感じる、とまで……。

先生はじっと話を聞いてくれていたが、私が師事を願い出ると意外にも、

「近々私は長崎に帰りますが、杉本君は長崎に来る気はありますか?」

と言う。師事と言っても、お願いできるのは精々、先生の江戸滞在中のことだと思っていたので、（えっ！　よろしいのですか、長崎に行っても）肚の中のひとり言が飛び出しそうになったが、

「はい。先生にご指導いただけるのであれば、どこにでも参ります」

こうもすらすらと心情を述べる自分におどろいた。こんな短い時間で進退が決まるとは、先生とは余程ふかい縁があったのだろう。

先生は長崎での医療活動の現状、自分が指導できる医学の範囲などを口にした。私がいずれ外科医として一本立ちするにも、先ずは漢方医も兼ねた町医者をめざして、力をつけるようにという助言も有難かった。

そんな話がはずんでいる時、宿にひとりの日本人青年が入ってきた。

「おっ、西君、丁度いいところに帰って来ました。紹介しましょう」

先生が呼び止めた青年は、今回長崎からきていた通事で、南蛮医学を学んでいるという西吉兵衛（のちに玄甫に改名）殿である。

「杉本忠恵元政と申します。忠庵先生の押しかけ門下生になりました。お見知り置きくだささい」

「私も押しかけです。忠庵先生から学ぶことは無尽蔵ですよ。いずれ長崎で……」

こころ強い先輩に、大きくうなずく。

「先生、私はしばらく江戸に残ることになりましたが、先生はいつ出立されますか？」

「数日中には出発できるでしょう」

「そうですか。お気をつけてお帰りください。杉本さん、道中、先生を頼みます」

この先、西殿は同じ南蛮医をこころざす同士となり、畏友となる。

急遽決まった身の振り方に、叔父は目を丸くした。私の幸運をよろこび酒杯をあげて、ほろ酔い機嫌で、

「お前には本懐を遂げる胆力がそなわっておる。幸運をみすみす取り逃がすでないぞ。兄者とてこうなったお前を、喜んで草葉の陰から見守っておろう。長崎でうんと修行をつんで、いつかまた江戸に戻ってこい」

そう言って、餞別を差し出してくれた。親代わりにもなり、幸運をつかむ切っ掛けをつくってくれた叔父には、頭が上がらない。

「お世話になりました。叔父上のご恩は一生忘れません」

門出には別れがつきものだ。一抹のさびしさはあるものの、私にはそれを凌駕する希望がある。叔父夫婦にいとまを告げ、先生と連れだって一路長崎に旅立った。

二

ひと足先に東海道を上ったオランダ人一行とは別の行程で、京まで中山道をあるく。伊豆から江戸までの東海道の一部しか知らなかった私にとって、この街道の旅はあたらしい世界への道程であった。道すがら先生との語らいは、これまで私が習得した本草学の確認や、南蛮医学の事始めを習う機会にもなった。その時の先生は『南蛮外科秘伝』の執筆中で、私はその中身を発表に先んじて知ることになった。

南蛮医学の要点は人体にある四つの体液――血液（多血質）、粘液（質）、黄胆汁（質）、黒胆汁（質）

のあんばいを見極めることだという。身体と精神の健康を保つためには、その人がどの体液を多く持つ気質なのかを把握し、調和につとめることが肝要で、調和が崩れると病気になると考えられているらしい。

「先生の気質は?」

興味本位から聞いてみた。

「黒胆汁質だ」

「どんな気質なのですか?」

気質などというものは当人に知られぬように、こっそり閻魔帳にでも記されるものなのだろうが、直截な問いかけにも先生は意に介していなかった。

「暗いのです、私は……。杉本君は多血質でしょう、きっと」

先生は早くも私の気質を見抜いていた。それにしても自分のことを「暗い」などと言って退ける先生は、どれだけ自分を客観視しているのだろう。

西洋でよく行なわれているという瀉血も、調和を促すための医療行為であった。

そこで私は思い出した。幼かったある日、母親が掌のなかに隠し持っていたものを、いきなり私の目の下に押し付けて言った。

「心配しないで、悪い血を取ってもらうんだから」

数秒後、手を開いて見せてくれたものは赤黒くなった不気味なヒル。痒みを感じて顔に手をやると、血がべったりついている。おどろいた私は泣き出し、こんなことをした母親を恨めしく思った。その時私が思っていたのはなんだったのか、亡母にきいたことはなかったが、あれは瀉血とも言える民間療法だったのだ。

南蛮医学の治療には、占星術を用いることもあるそうだ。瀉血の時期や採取する人体の部位を判断するにも、その時どきの星座の位置を参考にするという。医学と天文学がこのように結びついているのであれば、先生がそのどちらにも造詣がふかいことは当然であろう。

出生時の星の位置がその人の体液のかたよりや気質を決定する、という西洋の考え方は、生年月日でその人の体質の傾向を知る、という東洋の五行陰陽説に似ている。昔から日本にある医療や暦学は中国伝来のものが多いが、これに南蛮医学が投入される、あたらしい時代が到来しているのだ。

それでも先生の話には、医師が常に心掛けていなければならない根本的な教えもあった。医療の真髄は、日常的な食事療法にあるという「医食同源」の考えだ。

子どもの疾病には先天性のものが多く見られるが、大人の不健全な食習慣に惹起された疾病は、食事療法で快癒することも期待できる。

仄聞した話だが、東北地方では昔から食べたら死ぬと言われ禁忌になっていた馬肉を、貧しさから毎日これを食べていた者は、健康で体力も抜群だったという。米より安くてうまい馬肉が体にいいとは、医療にも瓢箪から駒が出るようなことがあるらしい。

外科医の関心は理論より実践にあると言われるが、骨折しない、骨折しても治りがはやい、潰瘍など皮膚を炎症させない——そんな強靭な肉体をつくるのも、やはり食事療法にあると言えるのだ。医療の根幹を置き去りにして、目に見える刺激的な外科治療にばかり目がいっていた自分を省みた。

忠庵先生に一対一で教えを乞う至福の道中は、後にも先にもなかった。

美濃に入り近江にむかうところで遠景に伊吹山があらわれた。なだらかな稜線は孤高の富士の山とは異なるが、うっすら雪化粧を施した姿はいずれも美しい。

「この辺りに薬草園があるはずなのだが……」

と、見回しながら先生が言った。なんでもその昔、バテレンが南蛮から持ちこんだ三千種の薬草を、伊吹山の麓に蒔いたそうだ。織田信長公から与えられた五十町歩（約五十ヘクタール）もの田地で、その土地でしか採れない薬草があるという。

「ポルトガルとの交流が途絶えても、持ちこまれた薬草が帰化して日本の土に根づいている。私とおなじですね」

そんな先生の軽口は嬉しい。先生の今の立場がかならずしも妥協の産物ではなく、先生は決して不幸ではないと思えたからである。

近くの柏原の宿場では、伊吹山特産の艾(もぐさ)を売る店が立ち並び、音に効く艾を買い求める旅人でにぎわっていた。先生が艾を手にとって私に聞く。

「これは……灸治(きゅうじ)につかうものですか？」

「お灸をご存じなのですね」

「フロイスというバテレンが書いた本には、草による火の塊〈火のボタン〉とありました。どういうものなのかと、思っていましたが……」

その時、近くの旅籠の奥からヨモギの香りがただよってきた。首を伸ばしてのぞきこむと、うつぶせになった男の背中に艾が盛られ、火がともされている。据えられたお灸から煙が立ち上っていた。

「あの人を見てください」

先生に耳打ちした。

「うーむ、話には聞いていましたが、ああやってするものなのですか。火傷することはないですか？」

「かるい火傷で跡が付くことも、ままあります。悪さをする子どもには『お灸を据えるぞ』が、決まり文句ですから」

「ほお、それほど日本人にとっては日常のことなのですね、患部に薬草をのせて火をつけることが」

「直接患部にではなく、ツボにお灸を据えるのです」

「ツボ？」

「急所と言ったらいいかもしれません。手で体をさすったり押したりして、症状がやわらぐ場所を探りあてる、そこをツボといいます。お灸の熱をとおして本来その人が持っている治癒力を高めるので、昔から艾は百病の根をほろぼす、といわれているほどです」

「これはまた悠長な、間接的な治療法だが、未病の段階で治療することは、東洋医学の極意かもしれない。西洋医学では、患部を手術で取り除くのが主流だからなぁ」

語り伝えるというより、先生の独り言のようだった。所どころおそらくポルトガル語か、ラテン語か、私にはわからない言葉でつぶやいていたのだから……。

灸治の説明は、地味で古臭いと思っていた東洋医学を見直す機会にもなった。思いがけなく灸治の現場に遭遇した先生は、家族への土産なのだろうか、艾を購入していた。

旅は大坂から海路に切り替え、それから二十日余りで長崎に到着した。長崎は数年前まで異邦人たちが盛んに往来する、異国情緒あふれた町だったらしい。見てみたかった気もするが、築島の沖合にオランダ船がひしめく夏ともなれば、少しはその雰囲気も味わえることだろう。

築島の話は江戸でもよく聞いていたから、私も是非行ってみたいところだ。しずかな港にたたずんで、私はこれからのことを思った。南蛮外科の中心地長崎で、その医術の立役者に師事するよろこびが、じわりとひろがってゆく。求めればばかなうことを、だれかれとなく伝えたかった。

長崎での私の寄宿先を、先生は当てにしていたところがあったと見え、早々に掛け合ってくれた。めがね橋の近く銀屋町にある光源寺の宿坊だ。住職の松吟和尚とはごく親しい間柄らしく、ふたつ返事で了承してもらった。バテレンだった先生が、浄土真宗の僧侶とこんなに密接な仲とはおどろいたが、なにがふたりを意気投合させたのだろうか。

のちに松吟和尚は先生が書いた蛮字を日本文字に著した天文書—『光源寺天文書』として発表している。

先生の家族にも紹介された。歳のはなれた妻女、その連れ子である年頃の娘と少年の四人家族。かれらは新参者の私を、旧知の者を受け入れるようにすんなりと迎えてくれた。それはのちに私の妻となる壽との出会いの時でもあった。

三

奉行所での先生の仕事は、多岐にわたっていた。

ポルトガル語の外にイスパニア語、イタリア語（これらはラテン語から派生しているので、その違いは苦もなくわかるらしい）そして日本語に精通しているのだから、通事の役割は語るにおよばず、最近入港したシナ船から見つかった貨幣が、ポルトガルのものではないか、という奉行所からの問い合わせにも、役人として対応している。

シナにいるイエズス会のバテレンは、皇帝に天文学を伝授することで厚遇されているらしい。宣教先の違いがこうも人の運命を変えてしまうとは……。

「先生、シナに行っていたら良かったと思っていますか？」

親しみが増すにつれ遠慮が遠のいた私は、軽々しく聞いてしまった。すぐには答えなかった先生に、まずいことを言ったと後悔した。が、

「シナに行っていたら、君にも、家族にも会えなかった」

そのことばに偽りはないと、今でも信じている。

先生は輸入される漢籍の科学書や技術書と、焚書扱いのキリスト教関連の書物とを見分ける

仕事をしていたが、ある時から輸入禁止になっていた洋書のうち薬学、外科学、航海術の書が緩和されるようになった。先生にとって小躍りする出来事だったに違いない。

西洋文化に見識高く外科医術に心得のある元バテレンは、お上にとって得難い人材である。生き延びるために過去と決別した先生は、現実主義に徹していた。

かつて長崎の住民は、ほとんどがキリシタンだったという。それが度重なる禁制で蜘蛛の子を散らしたように消えてしまった。それでもお上の締め付けは、とどまるところを知らない。外国の侵略をおそれ、その手先と喧伝された宣教師を徹底的に排除したにもかかわらず、数十年前に棄教した医師を未だ牢につないでいる例や、優秀な天文学者を信徒とうたがって処刑にした例など、為政者の猜疑心は病的だ。

オランダは紛れもなくキリスト教国である。公儀にしてみれば厄介な事実だが、交易がもたらす数々の利便に加えて、オランダが海外事情を知らせる唯一の窓口である以上、お目こぼしは暗黙の了解である。日本とオランダが互いに全幅の信頼をおける仲でなくても、実益を重んじる点では似た者同士なのだ。

公儀は年毎に交代するオランダ商館長に、年毎にヨーロッパの現状を知らせる報告書（のちの「風説書」）の提出を義務づけた。将軍がとくに気にしたのはポルトガルの動向で、数年前丸腰の使節らを殺害したことが後ろめたく、報復を恐れているのだと、もっぱら街の雀たちの話である。

忠庵先生が母国ポルトガルに対するこの国の扱いを、どう思っていたのか、その胸中を明かすことはなかった。


オランダ商館医に所用があるという先生のお供で、はじめて築島を訪れた。

近くにありながら遠国に来たような気がする。江戸町から橋をわたった先の表門で身分照会があり、私は先生の助手という立場で門鑑（もんかん）（通行許可証）をわたされた。一介の代脈では通れない関門だ。門をくぐるとそこは異界であった。

町でも村でもないこの人工島は、政経が機能している特別区である。整然と立ち並ぶ建物は、日本式の木造家屋ながら他所では見られない瀟洒な造り。ここで働く日本人たちも、どこか異人風だ。

通りにはこれまで見たこともない色あざやかな大きな鳥たち（火食鳥というらしい）が足早に行き来し、牛や山羊たちが闊歩している。将軍へ献上される珍獣は別格としても、オランダ人の胃袋に収められる目的で長旅に付き合わされた動物たちは、短い命の洗濯というところか。来航の時期がまだ先で活気のない倦怠感が漂うなか、遠からず「死」を迎えるかれらだけが「生」を謳歌していた。

正面から直線に伸びる、通りのなかほどまで進むと、右手に商館医の部屋があった。そこにユリアーン・ヘンゼリングという評判のいいドイツ人の外科医がいるという。成程、築島にいる西洋人がオランダ人に限らないとは、公然の秘密なのであろう。

先生はヘンゼリング医師とこの敷地内に植える薬草の話をしていた。ここにいる公称・オランダ人は築島から一歩も外に出られず、出られるのは商館長の江戸参府に同行する時だけ。それも当番医であればこの島に残らなければならないそうだ。伊吹山の麓で見た灸治の話が出ると、その行動の自由をうらやましがられた。

その日以来私はしばしば先生と、先生が江戸行きで留守の時は西吉兵衛殿と連れ立って築島を訪れるようになった。最新の外科技術をこの目で確かめる——この境遇はなにものにも代えがたく、私の外科医としての骨格はここで形成された。

ある日先生と商館を訪れると、大目付井上筑後守の家臣が患者として来館していた。三年前に受けた脚の傷口がいっこうにふさがらず、お灸も鍼も効果はないという。治療を見学させてもらった。こんな古傷にも治す方法はあるのだろうか？

商館医のマーティン・クロッセン師は手始めに薬用酒——これは焼酎でも代用できるという——で傷口を洗った。次に痛みを和らげるための薬を患者に服用させる。朝鮮アサガオを熱い酒に混ぜ合わせたものだ。それから絹糸を通した針で傷口を縫い合わせる。傷口に軟膏を塗る。

深い傷には椰子油などが効果あるそうだ。

患者は事前の薬が効いたのか、すこし顔をゆがめただけだった。木綿の包帯を巻きつけて終了となった。歩く時の添え木として鯨の骨を使っていたのが面白い。

手術の様子をじっと見ていた先生が、今にも手を出しそうな仕草が目に残った。

「やあ、大儀であったのう」

隣室からやってきたのは大目付その人である。侍医の藤作殿も一緒だ。家臣の治療に付き合うとは、よほどの寵臣なのであろう。

「忠庵殿、息災のようでなによりじゃ」

と、先生に目を遣った。数年前、先生に宣教団との対面を企てた強面(こわもて)がここでは皆を気遣う好好爺の態。二重人格のようでなければ、天下人の側近はつとまらないのだろう。

それでもオランダ人に助勢していると、天下人からにらまれ四十日間登城を禁じられたのはそれから間もなくのことであったが……。

筑後守は見せたいものがある、といって先生と私を手招きして隣室に誘った。

そこで見せられた物は、動物のかなり長い牙のような白い角。

「これは……」

「イッカク（北極海に住む海獣）の角じゃよ。溺死した者にこの粉末を呑ませたところ、生き返ったという話がある。拙者はその獣の絵を探し出して確認したのじゃ」

築後守は得意げに話した。

「ユニコーン（一角獣）ならば解毒作用があると言われていますが、これはどこで手に入れられたのですか？」

先生の言葉に筑後守は含み笑いした。

「ふふっ、それは言わぬが花じゃ。イッカクであれユニコーンであれ、希少価値であることに違いはないのだな」

うなずく先生に筑後守は満足げだった。

帰り道、私は先生にたずねた。

「イッカクは海の生き物。ユニコーンは陸の生き物。そんな違いでも、効能は一緒なのですか？」

「ユニコーンは架空の動物です。大目付の角、あれは犀の角でしょう。騙り（かた）にしてやられたようですね」

しれっとした物言いだったが、

「どこにでも騙りはいるものです。ベゾアールの石だって偽物が高価で売られていたものです」

と、言う。

「ベゾアール？　なんですか、それは」

「ヤギの胃のなかに出来た結石です。これを削った粉末は解毒に効くのです。宣教師たちはこれを持ち歩いていた。高価なものだから、ほんのかけら程度のものでしたが……」

先生は昔を懐かしむように遠くに目を遣った。そしてふと我に返ったように言った。

「さっきの手術のことだが、杉本君はなにか気づいたことがありましたか」

「はい、縫合したあとの処理はどうなっているのか気になります。それと患者自身ができるとは、どんなことでしょうか」

「それは大きな気づきですね。あの手術を私に任せられていたら、傷口を洗浄した後、玉子の白味を塗ります。それから縫合するのです。包帯は朝と晩、一回ずつ取り換えることを患者に伝えなければなりません。五～七日したら抜糸して、今度は玉子の黄身と椰子油を塗っておきます」

玉子を使う……？

「玉子は有効な薬剤です。大きな傷口でなければ、鶏卵の殻の内側にある薄い膜を張るだけでも収まることがあります」

思い当たったことがある。外遊びで額に切り傷をつくった少年時代、母親は卵殻の薄皮をはがして、それを額に張ってくれた。思えば昔の母親は外科医だった。

金創だけでなく腫れ物には、鎮静するもの、散らすためのもの、また排膿薬という膿を促進させるための薬があることを教わる。骨折には松脂（まつやに）、骨接ぎには蝋など、和方では見られない治療薬であった。

四

翌年あらたな商館長と一緒にカスパル・スハムベルヘンというドイツ人医師がやってきた。種々の膏薬を伝授するという外科医と聞き、吉兵衛殿と築島に出掛けた。

この頃には門番と顔なじみになって、門鑑を見せる前から通してくれる。スハムベルヘン医師は、その後江戸で、幕閣周辺の人びとの治療に当たり「カスパル流外科」と呼ばれて評判を呼んだ。

長崎で私がカスパル先生から習ったのは短い期間であったが、講義がおわると、その足で忠庵先生の家に行っては、その内容を逐次報告したものである。先生はそれにうなずきながら、

時に首を傾げながら熱心に聞いていた。そんなことがつづいたある日、

「ところで、杉本君」

先生が私の目を見ながら、おもむろに切り出した。

「うちの壽をどう思いますか?」

「はあ、とてもいいお嬢さんだと思います。気立てが良くてしっかり者で、美形で……」

「いや、君の細君にどうでしょう、という話です」

はっ? 思いがけない問いに、私が答えあぐねていると、

「決まった人がいるのなら、この話は忘れてください。もし……」

「決まった人などいませんが、壽殿はまだ若く中年男の私には勿体ない人です。お話は有難いものですが、本人の気持ちもわからぬまま縁談を進めてしまうことは、私の本意ではありません」

「加恵の話では、壽は君を憎からず思っているようです。女子ゆえ、自分から言い出すことはないでしょうが、杉本君の気持がわかれば異存はないはずです」

出会いの時の壽が脳裏に浮かぶ。尋常でない大人の事情に組み込まれていった少女は、それでも健気に生き、年を重ねてもどこか幼さを残す純な乙女であった。先生との縁は壽との縁でもあったのだと気づくと、俄然私のなかに彼女への愛おしさと、生涯守り抜くという気概が湧

きあがってきたのである。

年が明けてまもなく私たちは結婚した。私が三十二歳、壽二十一歳の時である。

私をとり巻く環境は、これ以上のぞめないほどに充実し、いつまでもつづくものと思われた。すべてに時があり、おわりがあることを忘れていた。

その年の春、先生はここ数年取り組んでいた南蛮科学書の翻訳と解説を脱稿した。

七年前イエズス会のバテレンが持っていた天文書に、関心を寄せた井上筑後守が先生に翻訳を託したものである。蛮字で書かれた草稿にはまだ標題はついていなかった。（数年後それは、西吉兵衛殿が読み下し、儒医の向井元弁（諱（いみな）・玄松）殿が筆記し、論証を加えた『乾坤弁説』という標題の書物に結実する）

同じ年の秋、慶安三年（一六五〇）十一月十日
前日まで元気でいた先生が、前触れもなく、夜の就寝から永遠の眠りについた。毀誉褒貶の生涯にひと言の遺言ものこさない、それはおだやかな死に顔だった。

突然の死は様々な憶測を生み、有らぬ噂を呼んだが、五島町の家の文机の上には、いつもあった読み止（さ）しの本も筆もなく、最期を悟っていたかのように整頓されていた。私にとって岳父であり師である先生を失うことは、虚無感で路頭に迷うことに等しかった。

先生の死で打撃を受けた者は、私ばかりではない。先生の新盆を迎える頃、はやり病に臥せっ

ていた義弟の忠二郎君は、死に急ぐように短い生涯を閉じた。加恵殿の悲嘆はひと通りではなく、目が離せない状況が一年後私たちの長男元真が生まれるまでつづいた。

「忠二郎の生まれ変わり」と言って元真を慈しむ加恵殿の姿に、私たちは胸を撫で下ろした。小さな命がこれほど大きな力を持つとは……。

生気をとり戻した加恵殿は、若い女性たちに針仕事を教えたり、近所の子守を引き受けたりと、生まれ変わったように活力ある日々を送るようになる。近くに住む私たちに頼らず、身を立てることを自分に課していたのだろう。

私たちが江戸へ移住することになって同行を勧めた時も、加恵殿は微笑んで「ありがとう」というだけで首を縦にふらなかった。

その姿が思い出されるたびにこうべを垂れる。

寛文六年（一六六六）加恵殿が亡くなってまもなく、私は初めて江戸城に参上し、四代将軍家綱公に拝謁した。南蛮流外科医として、いや、南蛮という名称は忌み嫌われていたから西洋医学を学んだ外科医として、将軍のお目見えかなった者は初めてだと言われた。

先の公方様が西洋との交流を閉じてしまったことで、日本人が西洋医学を学ぶのはオランダ商館医に限られている。栗崎先生や忠庵先生が身近にいた西吉兵衛殿や半田順庵殿、私などはよくよくの僥倖に恵まれた幸運児たちであった。

私の異数の出世は、大目付になられた元長崎奉行の黒川丹波守や、江戸町奉行の神尾備前守からの引き立てを得たことも大きい。それに隠居の身であったが、井上政重殿の口添えもあったかもしれない。

「左様せい様」の異名をとる公方様は、わずか十一歳で将軍となられた方だから、周りの老中方による官僚制でなければ、国家の安泰は保てなかったであろう。

大老になられたばかりの酒井雅樂守が、少々早口で質問する。

「これまでわが国で行なわれていた外科治療と、西洋外科の治療の違いを、なんと心得る」

「おそれながら、先ず金創に対する消毒の捉え方が異なっておりまする。西洋外科では傷口をよく洗浄することが肝要で、薬用酒で洗い、それから縫うのが主流であります。そのあとは軟膏を塗って包帯を巻きますが、わが国の外科治療では先ず……」

私はそこで言いよどんだ。

ひと昔前の話とはいえ、治療の前にもっともらしい呪文を唱えることなど、西洋人が聞けば噴飯ものの慣習を、ここで披露してよいものやら……。

「先ずはなんじゃ」

甲高い大老の声が響く。

「傷口は火であぶり……」

そこでまた、私は言いよどんだが、

「赤子の糞を塗りつけるという治療も、未だに庶民の間では行なわれております」

「ははは、左様か」

公方様の声をはじめて聴いた。〈生まれながらの将軍〉と言われた先代のお子である。生気に欠ける風貌とその声は四六時中、窮屈な城のなかの生活では無理もない、と妙に納得したのである。

寛文十年（一六七〇）私は法橋（ほうきょう）の位を授かり、幕医として二百俵の禄を賜わった。長崎から出てきた当初、無位無官の町医者だった頃を思えば感無量である。

町医者として評判が上がってきた時も、医官に引き立てられた時も、相好を崩して喜んでくれた忠悦叔父は、その翌年鬼籍に入った。冥途の土産に間に合ったことがせめてもの報恩、彼岸で私の双親に報告していることだろう。

有能な医者としてみとめられたと自負したのは、公方様の叔母上東福門院の治療に医師団のひとりとして呼ばれた時だ。精鋭をすぐる治療の甲斐なく、女院の臨終に立ち会うことになってしまったが、そこで栗崎先生の二代目道喜殿に出会ったのは、いずれの者の導きであろうか。

女院の崩御から二年後家綱公が亡くなられ、死の数日前に養子となった実弟の綱吉公が五代将軍になられた。あらたな公方様の側用人の台頭は、大老酒井忠清殿の失脚と入れ替わったものである。栄枯盛衰は権力者につきものでも、謀略も神算もはびこる隙のない、実力が物を言う医界に身を置いたことは天恵というより他あるまい。

杉本家は元真が着実に力をつけてきていた。これも壽が心を砕いて育んでくれたお蔭である。かれならば法眼(ほうげん)も夢ではない。家督を譲るに足る者がいることは父親冥利につきる。

数年来私の課題となっていた忠庵先生のお墓の移転を、実行する時が来ていた。

忠庵先生と一緒に伊豆に眠る両親、忠悦叔父、そして加恵殿の墓所の移転も考えていた。壽もよろこぶと思ってのことではあったが、意外にも壽は反対した。

「馴染みのない江戸に移されることを、おかあさまがのぞんでいるとは思えないの。生まれ故郷の長崎で忠二郎と一緒にいたい、おかあさまはきっとそう思っていらっしゃる」

「壽はそれで構わないのか」

そう聞くと、壽は淋しそうな顔付をみせながらも、うなずいた。

忠庵先生の墓所を移すことは、生前の加恵殿の了解をとっている。その時、加恵殿と義弟のことを念頭に置かなかったのは、若気の至りであった。

天和三年（一六八三）秋、私は元真に家督を譲り、元真は二代目忠恵を名乗った。

隠居生活に入った私は、四人の墓碑を東海寺の塔頭・定見院に建立した。先生がなん度も行き来した品川宿に近い、目黒川のほとりである。
墓碑の筆頭に掲げたのは「忠庵浄光先生」。夕日に照らされたその文字を見つめていると、唐突に異国の歌が耳底から湧いてきた。

♪　シャローム　ハヴェリム　シャローム　ハヴェリム
シャローム　シャローム
レ　ヒットラオ　レ　ヒットラオ
シャローム　シャローム　♪

聞き覚えのある歌だった。壽がよく口ずさんでいた、継父から習ったというこの歌。
〈さようなら　私の大切な友よ、また会う日まで　さようなら〉
そんな内容の歌が、私の耳に繰りかえされる。
忠庵先生の声がする。
（杉本君、私はまこと日本の土になりました）
先生、これで良かったのですか？
（良かったのです、これで……）

夕暮れの雁行が大空にはばたいている。尖端の雁が先生と重なって、私の目はいつまでもその行方を追っていた。

完

エピローグ　フェレイラの軌跡

クリストヴァン・フェレイラの生涯は、長崎の郷土史家古賀十二郎の『背教者澤野忠庵』とイエズス会司祭フーベルト・チースリクの『クリストヴァン・フェレイラの研究』によって知られているが、系譜に至っては父の名をドミンゴ・フェレイラ、母の名をマリア・ロレンソということ以外わかっていない。

フェレイラの名が人口に膾炙するのは、小説や映画に取り上げられてからであろう。長与善郎の『青銅の基督』、遠藤周作の『沈黙』に登場するころびバテレンである。ころびバテレンという人物像には、総じて拷問に屈した信仰うすき臆病者、卑劣な裏切り者という不名誉な印象がつきものだ。あまつさえ、フェレイラと同時代のオランダ商館の日記にも「目明しシウアン」と蔑称され、白眼視されていたことが散見される。

そんなステレオタイプの評価には、多少とも首を傾げる嫌いがあったが、払拭するほどの根拠がない。転機が訪れたのはある本との出会いである。

一冊の本との出会いによって道が開けることは、ままあることかもしれない。私にとって小岸昭氏の『隠れユダヤ教徒と隠れキリシタン』（人文書院、二〇〇二年初版）がそれであり、この本に出会っていなければ、拙書は背骨を欠いたものになっていたであろう。

棄教は謎多きフェレイラの最たる謎には違いなく、それを解くヒントがここに網羅されていた。マラーノ（隠れユダヤ教徒）的二重性格をもつ人物、と位置づけた『棄教者沢野忠庵の「マラーノ性」』は、目から鱗に類する一文であった。

なん世紀にもわたって西洋社会に存続するユダヤ問題は、日本人には対岸の火事のように思われるが、西洋の風が吹いていたキリシタン時代には、微妙にその影響がうかがえる。

祖先から生活に根ざしたユダヤの教えを遵守するユダヤ教徒を迫害し、キリスト教への改宗をせまったのは、カトリックを国教とするイベリア両国である。宣教師たちの祖国や植民地でユダヤ教徒への迫害がつづいていたことを、日本人は知る由もなかった。

キリスト教徒に改宗した「コンベルソ」は新キリスト教徒とよばれ、改宗者ならではの苦労を背負わされた。南蛮医学の導入や病院建設など、日本に多大な功績をのこした宣教師アルメイダが、医師免許を持ちながら祖国での医療活動が困難だったのは、新キリスト教徒であったからだと言われている。

亡命できなかったユダヤ教徒は、生き延びるために表面はカトリック教徒、内面はユダヤ教徒という二重生活を余儀なくされた。小岸氏が言うところの「隠れユダヤ教徒」である。フェレイラを隠れユダヤ教徒の末裔ではなかったか、とする大胆な仮説は、ユダヤ思想研究の第一人者ならではの発想だが、フェレイラの複雑さを考えると説得力は大きい。フェレイラという苗字がマラーノに多く、マラーノに外科医が多いということも符合する。

キリシタン禁制前、棄教した日本人修道士ファビアンは、殉教者を称えるカトリシズムに異を唱え『破提宇子』を著わした。もしフェレイラがこれを読み、かれがユダヤ教徒の末裔であったとしたら、「現世的、日常的な事柄にも聖性が付記され（小岸氏）」棄教は自明であろう。加えて日本の社会がかれを棄教へと導いたのではないだろうか。

棄教後のフェレイラ＝澤野忠庵は世間の目がどうであれ、奉行の配下となって身の安全と生活の保障を手にした。これが曖昧な、寛容な、日本社会ならではの制裁かと思う。

秩序を乱した者に対する制裁「村ハチブ」は、はじく＝のけものにする、が本来の解釈でも、葬儀と火事以外の八つの交際を絶つという第二義的な「村八分」が、より知れわたっている。制裁を受けた者は村での生活に支障をきたすが、命をとられることはない。

是か非か、白黒はっきりさせる西洋社会では、徹底的に制裁する村十分を施行するだろう。村十分の社会では穴吊るしの刑は生まれない。残酷きわまりないものでも、この刑が殺すことを目的としない、ころばせるための拷問であり、キリシタンに限ったものだからである。「真綿で首を締める」ことにも似て、日本人らしい発想とも言えようか。

来朝して捕縛されるまでの二十四年間、逃亡者の態で宣教活動をしていたフェレイラは、曖昧さや寛容さ、時にいい加減さを持ち合わせている日本人の習性に気づき、やがて地下に潜る「潜伏キリシタン」の在りようを、予期していたかもしれない。

生来のキリスト教徒から仏陀の教えに身を転じた澤野忠庵は、西洋が先んじていた自然科学の極意を日本人に求められるまま伝授した。これをあらたな天職として、おのれの棄教に折り合いをつけたのだろうか。

その傍証となるものが、東京谷中にある名刹・瑞輪寺にあった。

塋域の一画にひときわ大きな墓碑が目を引く。総勢四十五名の戒名と没年月日が刻まれた杉本家の墓碑である。当家は江戸前期からつづく医家。「忠庵浄光先生」の刻字は左側面の上段筆頭にあり、杉本家のなかで特別な存在であることは一目瞭然だ。

杉本家の系図や合葬墓碑に詳しい村岡昌和氏と面識を得たことは幸運であった。墓碑の解明は氏の長年にわたる緻密な研究と、杉本家第十代当主・金馬氏との面談によってなされた成果である。

澤野忠庵の高弟で女婿の杉本家初代・忠恵元政は、南蛮流外科医としては初の典医となった。ポルトガル人を敵視し、バテレンを侵略者の手先とみなしていた幕府が、その縁者を重用するという人事は少しく謎も残るが、平易に考えれば元政の秀でた能力が買われたのであろう。その頃にはフェレイラの名も忘れられ、ころびバテレンの蔑称も死語になっていた可能性もある。

長崎の皓臺寺にあった澤野忠庵の墓は、元政によって品川にある東海寺の塔頭・定恵院（のちの桂昌院）に移された。石塔には忠庵と元政の両親、忠悦なる人の戒名があり、幾星霜を経て、元政夫妻の戒名も加わった。昭和十六年、金馬氏はそれらを杉本家のもうひとつの菩提寺である谷中の瑞輪寺に移され、あらたに合葬墓碑を建立された。

フェレイラの〈贖(あがな)い〉であったかもしれない学究と教授に明け暮れた十七年間の結実は、杉本家の墓碑が証明していたのである。

あとがき

過去を舞台にしながら現代の世相を描くとされる時代小説では、時代も人物の設定も作者の胸三寸にあるが、史実を基にした歴史小説には当然〈しばり〉がある。

キリシタン史上、南蛮人初のころびバテレンとして名が轟くフェレイラの小説化は、分限を越えた題材と承知していたが、日本史のみならず信徒の端くれとして、カトリック世界のしばりに自縄自縛になりながら、どうにか終止符を打つまでにこぎつけた。

棄教という史実は事実であっても、史実と史実の間の空白にこそ真実が宿り、真実は小説でしか描けない、という微かな自負心が中断の誘惑を退けたのだと思う。れっきとした史実でも、ひとつの円柱が上から見れば円、横から見れば長方形であるように、見方を変えれば別物にもなる。小説なら見方＝解釈はより自由な筈だ。

小説と銘打っている以上、講談師よろしく見てきたような嘘が湧き出づれば有難いが、そんな芸当に乏しい者はもっぱら〈そうかもしれない〉という蓋然に頼る。蓋然をあれこれ思い巡らせ〈そうであるに違いない〉と確信に変わる醍醐味を味わうには、フェレイラはあまりに謎めいていた。

改宗先もそのひとつだ。仏教への帰依があまねく幕府のお達しで、ころび者に宗派の選択が許されていたかどうかは不明だが、かれは曹洞宗・晧臺寺の檀家となる。単に澤野家に倣ったまでのことかもしれないが、キリシタンに協力的だった天草の寺も曹洞宗であった。一方でフェレイラは井上筑後守から翻訳を託された天文書（のちの『乾坤弁説』）の日本文字への翻字を、親しい松吟和尚にゆだねている。松吟は晧臺寺近くにあった浄土真宗・光源寺の住職である。聖句に通じる親鸞のことばに、かれはなにを思っただろうか？

棄教後に著した『顕偽録』は、上総国大多喜の領主・大河内正敏（松平伊豆守信綱の子孫）家に秘蔵されていたという弧本である。棄教した動機も書かれているこの排耶書を、為政者たちが利用せずに二十世紀まで隠しつづけていたとは、不可思議なことだとチースリク師は言う。

これをフェレイラ独自の書とは言い難く、日本語の筆記が不得手だったとの理由の他に、内容からみて儒学者との合作であろうと言われている。

漢文調の弁明が単調ながら読み返しを余儀なくされたのは、つまづく箇所が多かったからであろう。全体の趣旨は聖書が伝えるキリスト教の矛盾をつき、復活への疑問、カトリック国の布教方法、バテレンをも批判している。棄教してからわずか三年の間にこれだけの反論が生まれていたとは理解しづらく、積年の思いであったのか、或いは言わされた（書かされた）ものなのかと、読後感は一様ではない。

書のなかでかれが賛辞するのは、多くの専門家が指摘しているように仏教というより儒教に近いもの。動植物、ひいては有情非情（心を持つものと持たないもの）への言及などは、霊長類の頭として人間中心に展開するキリスト教とは一線を画している。フェレイラが宗教と呼ばず律法を重んじるユダヤ教徒の末ならば、宗教の衣を脱ぎ現世における道徳を重んじた儒教に傾倒していったのも、むべなる哉、であろう。

キリスト教の宣教を国を奪うための謀（はかりごと）とする弁明が、御用学者の見解としても、禁教下の難場に直面する立場から反論している十戒に関しては、フェレイラの真情と思われる。宣教師を秘匿する信徒は常に死の危険に晒されている——これをすべからく宣教活動のなせる業と考えたならば、かれにとってその続行がいかに苦渋に満ちたものであったかと、想像に難くない。

日本のイエズス会管区長代理という当時最高責任者だったにも関わらず、信仰薄きゆえに拷問に堪えかねころび者になった、というフェレイラに纏わりつく皮相的なイメージ。そこからの脱皮に、拙書がいささかでも役を果たせるならば本望である。

本書を上梓するにあたり、東京大学名誉教授五野井隆史先生にはキリシタン史全般のご指導のみならず、微力では到底見い出せない史料の数々を教示いただき感謝にたえない。また東西交流史ご専門の日本学術振興会特別研究員ＰＤ阿久根晋氏から正鵠を得た助言と得難い史料を提供されたことも、氏がローマ滞在中フェレイラ直筆の写真掲載にあたって、労を執ってくださったことにも、衷心よりお礼を申し上げたい。

三一書房の高秀美氏には、塵を掃うがごとく校正を重ねる筆者に、辛抱づよくお付き合いいただいた。あらためて深謝申し上げる次第である。

宗任　雅子

【参考文献】

古賀十二郎「背教者澤野忠庵」三田史学会
フーベルト・チースリク「クリストヴァン・フェレイラの研究」吉川弘文館
小岸昭『隠れユダヤ教徒と隠れキリシタン』人文書院
五野井隆史『日本キリスト教史』吉川弘文館
村上直次郎訳『長崎オランダ商館の日記』岩波書店
永積洋子『平戸オランダ商館日記』講談社
レイニアー・H・ヘスリンク著 鈴木邦子訳『オランダ人捕縛から探る近世史』山田町教育委員会
フランソア・カロン著 幸田成友訳『日本大王国志』東洋文庫
中西啓『長崎のオランダ医たち』岩波書店

宗任雅子（むねとう・まさこ）
本名：露無雅子（つゆむ・まさこ）
日本文藝家協会会員。全国かくれキリシタン研究会理事。
1949年東京都生まれ。東京女学館小学校入学、69年同短期大学卒業後結婚・渡米。74年帰国、爾来静岡市に在住。二男二女の母。家庭裁判所家事調停委員を26年間、民放TV番組審議会委員を9年間従事。瑞宝単光章受章。作家の故・山田野理夫氏に師事。主な著作に『苦いカリス　小説・原主水』（三一書房）、『徳の飾りよりも　トマス金鍔次兵衛物語』（ドン・ボスコ社）、『潜伏キリシタン図譜』中部地方担当（かまくら春秋社）など。

ヤコブの末裔　棄教者フェレイラの場合

2023年4月12日　第1版 第1刷発行

著　者——　宗任雅子

発行者——　小番 伊佐夫
装丁組版—　Salt Peanuts
印刷製本—　中央精版印刷
発行所——　株式会社 三一書房
〒101-0051
東京都千代田区神田神保町３－１－６
☎ 03-6268-9714
振替 00190-3-708251
Mail: info@31shobo.com
URL: https://31shobo.com/

ISBN978-4-380-23002-8　C0093　Printed in Japan